A.L.Kahnau

X – In tiefer Nacht

Roman

AF219752

A.L.KAHNAU

X

IN TIEFER

NACHT

© Cover- und Umschlaggestaltung: Laura Newman –
design.lauranewman.de

Impressum
A.L.Kahnau c/o Papyrus Autoren-Club,
R.O.M. Logicware GmbH
Pettenkoferstr. 16-18
10247 Berlin
a.l.kahnau@gmail.com
www.alkahnau.com

Bibliografische Information der Deutschen Nationalbibliothek:
Die Deutsche Nationalbibliothek verzeichnet diese Publikation
in der Deutschen Nationalbibliografie; detaillierte bibliografische
Angaben sind im Internet über http://dnb.dnb.de abrufbar.

Herstellung und Verlag:
BoD – Books on Demand, Norderstedt

ISBN: 9783752880229

KAPITEL 1

HÜLYA

Als Chris und ich uns kennenlernten, war ich nicht unbedingt in der besten Verfassung. Das ist noch nett ausgedrückt. Mit verheulten Augen stand ich vor ihm und wischte mir die laufende Nase an meinem Jackenärmel ab. Ich hab noch nie so erbärmlich ausgesehen. Zumindest nie zuvor. Ich war fünfzehn Jahre alt, er nur wenig älter. Aber er kümmerte sich so väterlich um mich, dass ich von diesem Augenblick an niemals wieder etwas anderes in ihm sehen konnte, als einen Freund.

Gemeinsam mit mir wartete er im Treppenhaus des Oberen Schlosses auf die Rückkehr des Suchtrupps, den Anna ausgeschickt hatte, um meine Eltern zu finden. Er schenkte mir Sicherheit und Zuversicht und teilte seine Schokolade mit mir. Zusammen futterten wir drei ganze Tafeln, bis endlich die Tür aufging und ich meine Eltern wiedersah.

Von diesem Tag an waren Chris und ich unzertrennlich. Wie Pech und Schwefel. Er war wie der große Bruder, den ich nie hatte. Er brachte mir bei, wie ich mich mit dem Messer verteidigen oder Hasen mit Pfeil und Bogen erledigen konnte und scheiterte an dem Versuch, mir das Autofahren näherzubringen.

Chris. Mein bester Freund. Dessen Finger sich gerade kalt um meinen Hals krallen. Dessen Lippen eben noch lieblos auf meinen lagen. Dessen eisblaue Augen kein Gefühl zeigen, als die erste Träne über meine Wange rollt.

Ich wehre mich nicht. Wenn es so enden soll, dann nehme ich es hin. Ein Ende mit Schrecken. Aber immerhin ein Ende.

Ich weiß, dass es nicht Chris ist, der mir die Luft abdrückt. Es ist Marek. Der Außerirdische, den ich noch nie persönlich zu Gesicht bekommen habe, der aber aus unerfindlichen Gründen schon mehrmals versucht hat, mir das Leben zu nehmen.

Mir entkommt ein quietschender Laut, als ich versuche, noch einmal Luft zu holen. Eine natürliche Reaktion meines Körpers, der nicht so leicht aufgibt, wie mein Geist.

Chris' linkes Auge zuckt. Eine menschliche Regung. Seine Stirn runzelt sich, die Finger zucken an meiner Haut.

Ich nutze die kurze Pause, um so viel Luft wie möglich in meine Lungen zu ziehen. Dann lacht er laut auf und schüttelt den Kopf.

„Wenn du fühlen könntest, was ich gerade fühle", schnaubt er amüsiert. „Wie dein Freund sich windet und schreit. So schwach. Ihr Menschen seid so schwach." Und dann drückt er mit einer Gewalt zu, die etwas in meinem Hals zerstört. Etwas Wichtiges. Etwas Essentielles. Der Schmerz schießt in mich ein, wie ein Stromschlag. Noch wenige Sekunden, dann ist es vorbei.

Ein Schatten erscheint hinter Chris. Sehe ich ihn doppelt? Ich blinzele die Tränen weg, die nun unaufhaltsam aus meinen Augen drängen. Und plötzlich löst sich Chris' Griff um meinen Hals. Ich stürze zu Boden und bleibe schwer atmend liegen. Wurzeln und Tannennadeln graben sich in meine Wangen. Aber mir fehlt die Kraft, mich hochzustemmen. Als sich mein Blick allmählich wieder schärft, starre ich geradeaus in Chris' Augen. Er liegt mir direkt gegenüber. Japsend schiebe ich mich von ihm weg und zucke zusammen, als Hände unter meine Arme greifen und mich hochziehen.

„Steh auf!", befiehlt Paddy mir und zerrt grob an meinen Kleidern. „Mach schon! Wir müssen zurück zum Auto, bevor er wieder zu sich kommt."

Immer wieder sinke ich auf die Knie. Nässe dringt in meine Kleidung ein. Meine Finger graben sich in das weiche Erdreich.

Noch einmal zieht Paddy mich hoch. Ein Schwindel ergreift mich, als er meine Schultern packt und mich eindringlich ansieht. Aus einer Wunde an seinem Kopf sickert Blut über sein linkes Ohr.

„Lauf! Jetzt!", brüllt er mich an, fasst nach meinem Ellbogen und schleift mich hinter sich her. Taumelnd stolpere ich über Äste und Steine zurück zum Auto. Paddy stößt mich grob auf den Beifahrersitz, sprintet um den Wagen herum und lässt sich hinter das Lenkrad fallen. Mit hektischen Bewegungen versucht er, die richtigen Kabel zu finden und aneinander zu reiben, um den Motor zu starten.

„Scheiße! Verdammte Scheiße", wiederholt er in einem fort und als ihm die Kabel aus den nassen Händen rutschen, schlägt er vor Wut mit der Faust auf das Lenkrad ein. „Verdammter Kackmist! Warum geht das nicht?"

Ich starre aus großen Augen durch die Windschutzscheibe. Der Regen prasselt unaufhörlich darauf ein und erschwert die Sicht. Aber dann erkenne ich erste unscharfe Kontouren.

„Er kommt", will ich sagen, doch aus meinem Hals dringt nur ein heiseres Krächzen. Ich räuspere mich ein ums andere Mal, aber es bleibt dabei: Kein Wort verlässt meine Lippen. Also tippe ich Paddy an und nicke nach vorne, als ich seine Aufmerksamkeit habe.

Er stöhnt und schnappt sich noch einmal die Kabel. „Das darf doch wohl nicht wahr sein. Wo sind wir hier? In einem billigen Horrorstreifen?"

Ja, genauso kommt es mir vor. Mein Herz rast, während ich beobachte, wie Chris' Silhouette sich vor dem Auto aufbaut. In seiner rechten Hand hält er einen dicken Ast wie einen Baseballschläger.

Schnell drücke ich das Knöpfchen an meiner Tür herunter, sodass sie von außen verschlossen ist und wedele dann mit den Händen in der Luft herum, um Paddy zur Eile anzutreiben.

„Ja, ja! Ich mache ja schon!", knurrt er. Im nächsten Moment zucken wir beiden zusammen, als der Ast auf die Frontscheibe knallt. Sofort holt Chris erneut aus. Diesmal hat er es auf das Fenster der Beifahrertür abgesehen. Ich schütze meinen Kopf mit den Armen und wende mich von der Scheibe ab. Sie hält zwei weiteren Schlägen stand, dann beginnt sie zu splittern. Ich höre das Knirschen und Knacken, als Chris darauf einstößt und dagegen drückt.

„Schneller!", will ich Paddy antreiben, aber wieder ist nur ein leises Fiepen zu hören, als ich den Mund öffne.

Dann, endlich, springt der Motor an.

„Fuck! Ja!", schreit Paddy, schlägt noch einmal mit der flachen Hand auf das Lenkrad und legt dann den Rückwärtsgang ein. Die Reifen graben sich in den weichen Boden, Schlamm spritzt auf. Chris schlägt weiter auf das Auto ein.

„Du fährst es fest!", versuche ich, Paddy mitzuteilen, fasse mir an den Hals und verzweifle beinahe, am offensichtlichen Verlust meiner Stimme.

„Halt bloß die Klappe!", schnauzt er mich unnötigerweise an. Die Gangschaltung knirscht, als er den ersten Gang einlegt. Das Auto ruckt nach vorne. Mit Gewalt rammt Paddy den Rückwärtsgang wieder hinein. So schaukeln wir vor und zurück, während Chris' wütendes Brüllen unter dem aufjaulenden Motor erstickt wird.

Hektisch schiebe ich Paddys Hand weg, will selbst etwas tun, doch er stößt ein paar Schimpfwörter aus, die ich nicht einmal denken würde und schlägt mir auf die Finger.

„Lass das! Ich fahre!"

Am liebsten würde ich mir Augen und Ohren zuhalten, aber ich möchte Chris auch nicht unbeobachtet lassen. Wieder und wieder schlägt er auf die Scheibe ein, bis der Ast das Sicherheitsglas durchdringt. Ich ducke mich darunter weg. Mein Mund öffnet sich zu einem stummen Schrei.

Plötzlich finden die Reifen wieder Halt und meine Stirn stößt gegen das Handschuhfach, als Paddy mit Vollgas zurückfährt.

„Heilige Scheiße!", ruft er. „Der Kerl ist wie ein Pitbull."

Als ich den Kopf ein wenig hebe, sehe ich, was er meint. Chris klammert sich an den Ast, der noch in der Beifahrerscheibe über mir steckt. Seine Beine fliegen beinahe über den matschigen Waldboden. Erst, als Paddy die Hauptstraße erreicht und eine enge Linkskurve einschlägt, kommt er ins Straucheln und lässt los.

Mit schlitternden Reifen rast Paddy davon. Das Blut rauscht in meinen Ohren und mir ist leicht übel. Doch ich richte mich wieder auf, um den Ast hinauszuschieben und mich anzuschnallen. Sicherheit geht vor. Besonders, wenn Paddy fährt.

KAPITEL 2

RAIK

Zuerst nehmen meine Ohren ihren Dienst wieder auf. Ein anhaltendes Prasseln. Regen auf Wellblech? Dazwischen schnaufende Laute. Etwas patscht. Weniger gleichmäßig als der Regen. Bewege ich mich fort? Nein. Der kühle Lufthauch, der mir über das Gesicht fährt, täuscht das nur vor. Ich liege vollkommen still.

Langsam öffne ich die Augen und blinzele ein paar Mal. Zuerst ist da nur Finsternis. Dann, allmählich, erkenne ich Konturen. Umrisse. Die Kante des Daches, das sich über mir erstreckt. Dahinter Bäume. Der Nachthimmel, verschleiert vom Regen. Die Äste wackeln unter den dicken Tropfen.

Erst als ich versuche, mich aufzurichten, kehrt der Schmerz zurück. Mein Schädel dröhnt, als hätte ich eine lange Partynacht hinter mir. Als ich meinen Hinterkopf abtasten möchte, bemerke ich die Fesseln an meinen Handgelenken. Ich bin an einer Holzbank festgebunden. Und auch meine Füße sind bewegungsunfähig. Ich schaffe es gerade einmal, meinen Oberkörper aufzurichten und mich auf die Ellbogen zu stützen.

13

„Was…", murmele ich, dann fällt mein Blick auf eine zusammengesunkene Gestalt in der Ecke der kleinen Hütte. Ich kneife die Augen zusammen, um besser sehen zu können. Lange, dunkle Haare verdecken das Gesicht. Mein Herz schlägt etwas schneller, bei der Erinnerung an so gut wie jeden asiatischen Horrorfilm, den ich gesehen habe. Dann kommt die Erkenntnis und mit ihr allmählich meine Erinnerung zurück. „Mila?"

Sie rührt sich nicht. Ihre Hände, sowie die Fußgelenke sind ebenfalls gefesselt.

Ich presse die Zähne aufeinander und rucke an meinen eigenen Fesseln, doch sie rühren sich keinen Zentimeter.

Als ich wieder die platschenden Geräusche vernehme, zuckt mein Blick zum Eingang hin. Eine buckelige Gestalt humpelt davor entlang. Ich halte die Luft an, als sie stehen bleibt und den Kopf hebt. Aus toten Augen starrt der Infizierte mich an. Sein Unterkiefer klappt herunter, wie der einer Marionette und er stößt einen Laut aus, der mir übel werden lässt. Er steht vor seinem persönlichen Buffet. Mila und ich sind ihm schutzlos ausgeliefert.

Nach dem ersten Schrecken, komme ich wieder zur Besinnung und zerre wie wild an meinen Fesseln. Die rauen Seile reiben schmerzhaft an meiner Haut, ansonsten erziele ich kein Ergebnis.

War das Larissas und Kevins großartiger Plan? Uns hier den Infizierten zum Fraß vorzuwerfen? Warum haben sie das dann nicht gleich erledigt? Wofür uns erst ausknocken und entführen?

Der Infizierte schlurft einen Schritt näher. Seine zerfetzte Jeans ist vollgesogen mit Schlammwasser.

Die Art, wie er seinen Kopf schief legt, um mich zu betrachten, wirkt wie die eines wilden Tieres.

In meinen Versuchen, mich zu befreien, werde ich immer hektischer. Das morsche Holz auf dem ich liege, knackt und knirscht. Trotzdem komme ich keinen Zentimeter frei. Wieder kommt der Infizierte näher. Er lässt sich Zeit. Weiß er, dass ich sowieso keine Chance habe? Sein Verhalten irritiert mich. Normalerweise denken Infizierte nicht lange nach. Warum zögert er?

„Marvin, lass den Quatsch. Komm zurück." Die Klein-Mädchen-Stimme passt genauso wenig an diesen Ort, wie ein Vogel ins Meer. Der Infizierte (Marvin???) wendet sich in zuckenden Bewegungen von mir ab. Sein Kopf fällt in den Nacken und rollt unkoordiniert auf seinem Hals herum, bis er die richtige Position wiederfindet. Eine schmale Hand greift nach seinem Arm und schiebt ihn hinaus in den Regen.

Dann blendet mich eine Taschenlampe und eine zweite Stimme erklingt. „Ah, endlich wach, ja?"

Kevin. Mein Kiefer knackt, so stark presse ich die Zähne aufeinander.

„Hey Arschloch", begrüße ich ihn.

Kevin tritt näher heran und senkt die Taschen-lampe ein wenig, sodass ich sein Gesicht erkennen kann, auf dem ein kleines Lächeln spielt. „Schlecht geschlafen, E.T.?"

„Mach mich verdammt nochmal los. Was soll der Scheiß hier? Willst du uns umbringen?"

Er lacht leise auf und lässt die Taschenlampe lo-cker in der Hand kreisen, sodass sie tanzende Lichter auf die löchrigen Holzwände wirft. „Das kommt ganz darauf an, mit wem ich gerade spreche."

„Du sprichst mit mir, verdammt! Hast du sie noch alle?"

Bedächtig geht Kevin vor mir in die Hocke und sieht mir in die Augen. „Und wer bist du?"

„Raik!", brülle ich ihn an. Meine Geduld ist endgültig erschöpft. „Kevin, ich verspreche dir, wenn du mich nicht auf der Stelle losbindest, trete ich dir bei nächster Gelegenheit derart in den Arsch, dass du nie wieder sitzen können wirst."

Kevin lacht, als hätte ich einen guten Witz gemacht. „Keine Sorge, wenn du irgendwann die Gelegenheit dazu bekommst, wirst du es nicht mehr wollen."

„Oh, und wie ich das will!", presse ich hervor und rucke noch einmal vergeblich an meinen Fesseln. Dieser verdammte Mistkerl. Wie konnten wir übersehen, wie irre er ist?

„Kev, ich glaube, sie wacht auf."

Mein Blick huscht zu Kevins Schwester, die sich langsam Mila nähert.

„Rühr sie nicht an!", brülle ich und stemme mich so weit auf, wie es mir möglich ist. Kevin wendet sich von mir ab und hockt sich zu Mila hinunter, die leise stöhnend den Kopf zurücklehnt. Die dunklen Haare rutschen ihr aus der Stirn. Flatternd öffnen sich ihre Lider. Kevin strahlt ihr mit der Taschenlampe direkt in die Augen, sodass sie sie schnell wieder schließt und das blasse Gesicht abwendet.

Er streckt die Hand aus, umfasst ihr Kinn und zwingt sie so, ihn wieder anzusehen.

„Ihr sollt die Finger von ihr lassen!", brülle ich noch einmal, doch sowohl Kevin als auch Larissa ignorieren mich vollkommen.

„Er ist geschwächt", meint Kevin. Seine Stimme klingt ruhig und sachlich, als wäre er Tierarzt und würde sich gerade einen kranken Hund ansehen. „Erstaunlich, dass du so eine Wirkung auf ihn hast."

Larissa schweigt. Im Schein der Taschenlampe wirkt sie viel jünger, als sie eigentlich ist. Nicht älter als zwölf. Und trotzdem schafft sie es, mir einen Schauer über den Rücken zu jagen. Ihr gesamtes Auftreten wirkt … unnatürlich. Geradezu geisterhaft.

Ihr großer Bruder schaut zu ihr auf. „Was sollen wir jetzt mit ihr machen?"

Larissa schüttelt leicht den Kopf. Die roten Locken hüpfen dabei auf ihren Schultern. „Lass sie erst mal liegen. Der andere ist dringender. Er scheint wütend zu sein."

Ein harsches Lachen entschlüpft mir. „Wütend? Wütend ist gar kein Ausdruck!"

Kevin sieht über die Schulter zu mir zurück. Sein Blick ist nachsichtig. „Keine Angst, Raik. Wir treiben dir den Dämon aus."

KAPITEL 3

HÜLYA

„Der Tank ist gleich leer", stellt Paddy nüchtern fest und weckt mich damit aus meinem Dämmerschlaf. Benommen reibe ich mir über die Augen und werfe einen Blick auf die Tankanzeige. Das rote Lämpchen leuchtet bereits. Immer noch schieben die Scheibenwischer den prasselnden Regen von links nach rechts. *Flapp. Flapp. Flapp. Flapp.* Das monotone Geräusch hat es tatsächlich geschafft, mich einnicken zu lassen.

„Wie lange habe ich geschlafen?" Oh, Gott sei Dank. Meine Stimme klingt rau und fremd, aber immerhin ist sie wieder da. Auch, wenn mein Hals schmerzt, als hätte ich Rasierklingen zum Abendessen verspeist.

„Nicht lange. Vielleicht eine halbe Stunde."

Vergeblich versuche ich, durch die Frontscheibe etwas zu erkennen. Ich sehe nur Regen, eine nass glänzende Straße und hin und wieder vorbeiziehende Bäume. „Wo sind wir?"

„Um ehrlich zu sein, habe ich keine Ahnung", gibt Paddy zu. „Irgendwo bei Köln."

Seufzend lasse ich mich zurück in den Sitz sinken. „Wir werden sie niemals wieder finden."

19

Paddy schweigt eine Weile, den Blick starr nach vorne gerichtet. Schließlich sagt er: „Weißt du, ich habe es irgendwann in den letzten Jahren aufgegeben Worte wie „niemals" in solchen Situationen zu verwenden. Es sind so viele verrückte Dinge passiert. Man kann nicht wissen, was als Nächstes geschieht."

„Aber sie könnten überall sein und wir wissen nicht einmal, wo wir selbst uns befinden." Ich muss husten, stöhne gleich darauf auf und verziehe das Gesicht. Wenn mir jemals nochmal jemand an den Hals will ... ach, was will ich schon dagegen tun?

„Na und?" Er zuckt mit den Schultern. „Es ist nicht das erste Mal, dass ich Mila verloren habe. Sie ist wie eine streunende Katze. Mal da, mal fort. Aber am Ende kommt sie doch wieder zurück."

Ich betrachte ihn von der Seite und kurz erfüllt sein Anblick mich mit Wärme. Eines muss man ihm lassen. Paddy gibt nicht auf. Niemals. Er ist ein Kämpfer. Dann zerstört er den schönen Moment so schnell, wie er gekommen ist.

„Ich fahr hier vorne ran. Ich muss mal kacken."

Meine Finger trommeln nervös auf die Ablage vor mir, während ich darauf warte, dass Paddy zurückkommt. Die Scheinwerfer hat er ausgeschaltet, nur der Motor läuft noch. Es war uns zu riskant, ihn wieder abzustellen. Immer wieder schaue ich auf das rote Lämpchen, das uns davor warnt, dass der Sprit jeden Monat leer sein könnte. Wie weit wird das Auto wohl noch fahren? Zwanzig Kilometer? Zehn? Einen? Und wo bleibt Paddy? Seit mehreren Minuten ist er jetzt schon im Gebüsch verschwunden. Wie lange kann es dauern, sein Geschäft zu verrichten?

Meine Augen suchen die Dunkelheit um mich herum ab. Wir befinden uns im Nirgendwo. Niemals hätte ich gedacht, dass es ein Nirgendwo bei Köln gibt. Und Paddy hat recht, ich verwende das Wort „niemals" zu oft. Meine Gedanken springen von hier nach dort und wieder zurück. Ich komme nicht zur Ruhe. Erst recht nicht, wenn der Regen so laut auf das Blechdach trommelt, dass er alle anderen Geräusche übertönt. Ich bin sozusagen blind und taub. Und noch dazu sitze ich in einem Auto, dessen Scheibe zerschlagen wurde und das vermutlich keine zehn Meter mehr fährt. Schutzlos allem ausgeliefert, was da kommt.

Deshalb entfährt mir ein spitzes Quietschen, das mir im Hals schmerzt, als die Fahrertür aufgerissen wird und Paddy sich wieder hinter das Lenkrad fallen lässt.

„Was hat denn da so lange gedauert? Hast du dabei noch Zeitung gelesen?", fahre ich ihn an. Doch Paddy lässt sich von mir nicht aus der Ruhe bringen. Er schüttelt seine Hände aus und spritzt mir Regenwasser entgegen. Zumindest hoffe ich, dass es Regenwasser ist.

„Bleib locker, Schätzchen. Geht ja jetzt weiter."

„Nenn' mich nicht Schätzchen, Schätzchen!"

Sein Augenrollen ignoriere ich und verschränke die Arme vor der Brust. Wie konnte es dazu kommen, dass ich ausgerechnet alleine mit ihm zurückgeblieben bin?

Dank der Anzeige im Armaturenbrett finde ich heraus, dass der Sprit noch genau für 3,2 Kilometer reicht. Dann gibt das Auto röchelnd und stotternd den Geist auf.

Paddy und ich bleiben noch einige Sekunden still sitzen, dann frage ich, den Blick weiter geradeaus gerichtet: „Und was jetzt?"

Paddy zögert nur ganz kurz mit seiner Antwort. Doch die paar Sekunden reichen aus, um mir zu zeigen, dass auch er nicht mehr ganz so optimistisch ist. „Ich würde vorschlagen, wir übernachten hier im Auto und laufen morgen früh weiter. Bis dahin hat es auch hoffentlich aufgehört zu regnen."

Bevor ich überhaupt den Mund öffnen kann, ruft er: „Ich nehme die Rückbank!", und springt an mir vorbei nach hinten. Seufzend mache ich es mir auf dem Beifahrersitz so bequem wie möglich. Durch das Loch direkt neben meinem Kopf dringt unablässig kalte Luft in den Innenraum ein. Und die Wärme, die bis eben noch von der Heizung erzeugt wurde, ist so schnell verbraucht, dass ich bald schon anfange, zu schlottern. So gerne ich auch schlafen würde, ich bekomme kein Auge zu. Wir befinden uns irgendwo im Nirgendwo auf einer einsamen Landstraße. Zwar konnte Paddy das Auto mit dem letzten Tropfen Sprit noch an den Straßenrand lenken, aber trotzdem stehen wir hier wie auf dem Serviertablett.

Als ich mich zu Paddy herumdrehe, um ihn um irgendetwas zum Zudecken aus dem Kofferraum zu bitten, schnarcht er bereits.

„Ach, das kann doch wohl nicht dein Ernst sein", murre ich und ziehe mir meine Jacke enger um den Hals. Urplötzlich kommt mir der Gedanke, wem diese Jacke wohl gehört haben könnte. Raik hat sie mir aus irgendeinem der Häuser in Köln besorgt, die er gemeinsam mit Mila abgeklappert hat. Sie ist nicht gerade hübsch und noch dazu mit Pelzkragen, was ich früher nie freiwillig getragen hätte. Aber sie hält warm und passt einigermaßen gut und das sind zurzeit meine einzigen Kriterien bei der Kleiderwahl. Vielleicht hat sie einem Mädchen in meinem Alter gehört. Oder einer jungen Mutter. Vielleicht aber auch einer Frau in den 50ern. Wer auch immer sie vor mir getragen hat, hatte ein Leben. Die Person hatte ein Zuhause, Freunde, Hobbies. Sie war real und lebendig. Jetzt nicht mehr. Mit großer Wahrscheinlichkeit ist sie jetzt Geschichte. Und niemand wird sich mehr an sie erinnern, weil keiner ihrer Verwandten oder Freunde mehr lebt, um von ihr zu erzählen. Dieser Gedanke macht mich unwahrscheinlich traurig und lässt mich für einen kurzen Moment meine eigene äußerst beschissene Lage vergessen. Denn immerhin atme ich noch. Ich friere und habe Schmerzen. Aber ich atme. Ich lebe. Und das ist alles, was zählt.

Eine Bewegung in meinem Augenwinkel reißt mich aus meinen Gedanken. Durch die gesplitterte Scheibe und die tiefdunkle Nacht kann ich kaum etwas erkennen. Lediglich die Umrisse von Büschen und kahlen Bäumen heben sich gegen den finsteren Horizont ab. Mit einem Auge linse ich durch das Loch in der Scheibe und halte gespannt den Atem an. War da etwas? Ein Knistern im Unterholz? Ein… wahnsinnig lautes Schnarchen von der Rückbank!

Genervt drehe ich mich um und kieke Paddy meinen Zeigefinger in die Rippen. Er gibt ein Grunzen von sich und dreht mir den Rücken zu.

Ich will gerade zu einer erneuten Attacke gegen ihn ausholen, als ein Schatten an der Windschutzscheibe vorbeizieht. Da war etwas! Ich bin mir ganz sicher. Sofort schießt mir das Adrenalin in den Körper und lässt mich die Kälte vergessen. Ich ziehe die Knie an und hocke mich auf den Beifahrersitz, um einen besseren Rundblick zu haben. Mein Blick huscht an sämtlichen Fenstern entlang bis zum Kofferraum. Aber ich kann beim besten Willen nichts erkennen. Soll ich Paddy wecken? Und wenn es nachher nur ein Wildschwein war? Oder ein tiefliegender Vogel? Ich kann sein hämisches Grinsen jetzt schon vor mir sehen.

Ganz in der Nähe knackt ein Ast. Ich stoße mir beinahe den Kopf an der Wagendecke, als ich mich recke, um aus dem hinteren Seitenfenster sehen zu können. Was ist das da draußen?

„Paddy", flüstere ich und rüttele an seiner Schulter. „Paddy, wach auf. Da ist…"

Ein Knirschen. Wie von Schuhen auf Kies.

„Paddy!", presse ich hervor und versuche, dabei laut genug zu sein, um ihm die Dringlichkeit zu vermitteln und leise genug, damit uns außerhalb des Autos niemand hört.

„Wach auf, verdammt!" Ich schüttele inzwischen so stark an seiner Schulter, dass ich befürchte, ich könnte sie auskugeln.

Unwirsch stöhnend schlägt Paddy meine Hand weg. „Gnaböba", murmelt er und will sich gerade wieder zusammenrollen, als etwas von außen gegen die Scheibe schlägt. Sofort sitzt er aufrecht und starrt in die Fratze des Infizierten, der aus großen, hervorstehenden Augen zu uns herein stiert.

„Verdammt!", flucht Paddy. „Warum hast du mich nicht geweckt?"

„Hab ich doch", verteidige ich mich.

Der Infizierte, vielleicht auch *die* Infizierte, das ist nicht mehr so genau zu erkennen, presst seine Nase an die Scheibe. Seine Zähne schlagen an das Glas bei dem Versuch, an uns heran zu kommen. Ich verziehe angeekelt das Gesicht, als ich schwarz verfaulte Zunge sehe, die über das Glas leckt.

Paddy seufzt, lehnt sich über den Rücksitz und kramt in unserem Gepäck. Er befördert allerlei Dinge hervor, die er achtlos neben sich wirft, bis er endlich findet, wonach er gesucht hat. Ein Küchenmesser. Eines von der Sorte, die meine Mutter damals für Fleisch verwendet hat. Am oberen Ende läuft es besonders spitz zusammen.

„Bin gleich wieder da", brummt er und steigt auf der freien Seite aus. Nervös verfolge ich, wie er um das Auto herumgeht. Es dauert ein paar Sekunden, dann sackt der Untote an der Scheibe herab und hinterlässt dort eine eklige Blutspur.

Paddy klopft an die Fahrerscheibe und ich ziehe das Knöpfchen hoch, um ihn reinzulassen. Seufzend lehnt er sich an die Kopfstütze und schließt kurz die Augen. „Die gute oder die schlechte Nachricht zuerst?"

„Die Schlechte", sage ich ohne zu zögern.

„Wir sind umzingelt von den Biestern."

Hektisch drehe ich mich auf dem Sitz herum und betrachte unsere Umgebung genauer. Er hat recht. Während wir von dem einen Infizierten abgelenkt waren, haben wir nicht bemerkt, wie weitere aus dem Dickicht hervorgetreten sind. Ungelenk wanken sie über die Straße auf unser Auto zu.

„Und die Gute?", frage ich hoffnungsvoll.

Paddy zieht etwas aus seiner Hosentasche hervor. „Ich hab noch einen Schokoriegel im Kofferraum gefunden."

KAPITEL 4

RAIK

„Was hast du jetzt vor?", frage ich Kevin mit zusammengebissenen Zähnen. Es ist anstrengend, den Kopf weit genug zu drehen, um ihn sehen zu können. „Mich umbringen?"

„Hätte ich euch umbringen wollen, hätte ich mir gar nicht erst die Mühe gemacht, euch hier her zu bringen", antwortet er gelassen. Er hat mir den Rücken zugewandt und hantiert an der Wand des Schuppens herum. Ich höre etwas klappern und als er sich zu mir herumdreht, hält er eine riesige Zange in der Hand. Eine von der Sorte, mit der Hufschmiede wohl im Mittelalter den Menschen die Zähne gezogen haben.

„Ich möchte ehrlich mit dir sein, Raik", fährt er fort und ich kann mir ein raues Lachen nicht unterdrücken.

„Ach? Seit wann?"

Er ignoriert meine Spitze und betrachtet versonnen die Zange in seiner Hand. „Es geht mir eigentlich nur um Rache. Und ich kann nicht verleugnen, dass ich ein schlechtes Gewissen habe, wenn ich an die vielen Opfer denke, die wir dafür gebracht haben."

„Opfer?" Ich beobachte, wie Kevin die Zange auf und wieder zuschnappen lässt.

„Diese Aliens sind nicht leicht zu töten", erklärt er mir in ruhigem Ton. „Sie beißen sich an ihrem Wirt fest, wie Zecken und du weißt nicht, ob du sie raus drehen oder raus ziehen sollst." Er seufzt leise. „Tja, leider haben wir es wohl anfangs auf die falsche Art und Weise gemacht. Und haben dabei nicht nur den Alien, sondern auch den Wirt getötet."

Als ich scharf die Luft einziehe, schaut Kevin auf und macht große Augen. „Aber nein, nein. Keine Angst. Wir haben jetzt herausgefunden, wie es funktioniert. Wir wissen nun, wie weit wir gehen können. Sicher, es wird wehtun. Das steht außer Frage. Und dafür entschuldige ich mich jetzt schon bei dir. Aber ich denke, in ein bis zwei Stunden sollte die Sache gegessen sein."

„Ihr habt sie doch nicht alle!", brülle ich ihn an und zerre abermals an meinen Fesseln, als er sich mir mit der Zange nähert. Mein Blick huscht erst zu Mila, die wieder bewusstlos in der Ecke liegt und dann zum Schuppeneingang vor dem immer noch der Infizierte patrouilliert. Gerade taucht Larissa wieder auf. Der anhaltende Regen scheint ihr nichts auszumachen. Sie bleibt neben dem Infizierten stehen, der mindestens einen Kopf größer ist als sie und lächelt zu ihm auf.

Die beiden sind wahnsinnig. Absolut durchgedreht. Ich wende mich wieder Kevin zu, der gerade den festen Sitz meiner Fesseln überprüft.

„Verpiss dich!"

Auf meine Aufforderung reagiert er nur mit einem kühlen Lächeln. „Es ist verständlich, dass du

Angst hast. Aber ich verspreche dir, dass ich das hier so human wie möglich über die Bühne bringe."

Er setzt sich zu mir auf die Bank und starrt mich an. „Und jetzt bitte ich dich, dem Alien Platz zu machen."

„Was?"

„Lass mich mit ihm reden. Ich will ihm die Möglichkeit geben, freiwillig herauszukommen, bevor ich mit der Prozedur beginne."

„Wie soll das bitte funktionieren? Es gibt keinen Kippschalter, den ich umlegen kann, um ihn ein- und mich auszuschalten."

„Doch, den gibt es", widerspricht Kevin mir, setzt die Zange an meinem linken Ohrläppchen an und lässt sie zuschnappen, bevor ich reagieren kann.

„Aaaaahhhh!" Ich will meinen Kopf wegziehen, doch Kevin hält mich mit der Zange fest. Der Schmerz lässt mich kurz Sternchen sehen. Kevin löst die Zange wieder und betrachtet mich aufmerksam.

„Mit wem spreche ich?"

„Raik, verdammt!", brülle ich ihn an. „Ich bin immer noch Raik!"

Diesmal setzt Kevin die Zange an meinem kleinen Finger an. Durch die Fesseln habe ich keine Chance, ihm auszuweichen. Wieder schreie ich auf. Vor dem Eingang wird Marvin unruhig. Larissa beruhigt ihn durch ein leises „Ssssshhhh", als würde sie mit einem Hund oder einem Baby sprechen.

Die Zange löst sich wieder. Als ich zu meinem Finger hinabschaue, erkenne ich, dass sich der Nagel gelöst hat und das blutige Fleisch darunter offen liegt.

„Du verdammter Irrer!", schreie ich und kugele mir beinahe die Schulter aus, bei dem Versuch, mich zu befreien.

„Mit wem spreche ich?", wiederholt Kevin seine Frage, ohne auf meine wütenden Schreie zu reagieren.

„Hier ist kein Alien!", schnauze ich ihn an. „Scheiße man, hör auf mit dem Mist und mach mich los. Was geht denn in deinem beschissenen Kopf ab?"

Im Gegensatz zu mir ist Kevin die Ruhe in Person. Er setzt die Zange am nächsten Finger an und ich lasse eine ganze Armee an Schimpfwörtern los, bevor er zudrückt und ich zu nichts anderem als einem markerschütternden Schrei mehr fähig bin. Diesmal hat er ein Stück tiefer angesetzt und die dünnen Knochen in meinem Ringfinger knacken und brechen schließlich.

Tränen schießen in meine Augen und obwohl ich weiß, dass mir niemand helfen kann, sehe ich mich suchend im Raum um. „Scheiße, scheiße, scheiße!", fluche ich und lasse den Kopf zurück auf die Bank sinken.

„Mit wem spreche ich?", fragt Kevin und ich lache verzweifelt. Von Marek ist nichts zu spüren. Er wäre ja auch schön blöd, sich jetzt zu zeigen. Diese Qual überlässt er mir alleine.

„Mit wem spreche ich?"

Ich drehe Kevin mein Gesicht zu und starre ihn stumm an.

Er seufzt und legt die Zange auf seinen Schoß. „Ich weiß, du denkst, ich wäre verrückt."

Bis auf ein Blinzeln erhält er keine Antwort von mir. Es ist sinnlos, mich mit ihm zu unterhalten.

„Aber wir sind nicht verrückt, Raik. Larissa und ich haben das gefunden, was ihr noch lange gesucht hättet. Die Rettung für uns alle."

Wir starren uns an. Ich weiß, dass er auf meine Reaktion wartet, bin aber nicht gewillt, ihm eine zu zeigen.

„Diese Kapseln, die ihr sucht, sind Zeitverschwendung. Selbst, wenn ihr sie findet und zerstört, sind die Aliens immer noch unter uns. Die Infizierten sind nicht das Problem." Er deutet nach draußen zu seiner Schwester, die immer noch im Regen steht, als wäre es eine heiße Dusche. Der Infizierte neben ihr wirkt wie in Trance.

„Wir haben sie im Griff. Und wenn es noch mehr Menschen wir Larissa gibt, können wir ihnen zeigen, wie man mit ihnen umgeht und wie man die Aliens vernichtet."

„Woher willst du wissen, dass nicht auch einer von den Aliens in Larissa ist?", frage ich ihn herausfordernd. „Denn um ehrlich zu sein, wirkt sie alles andere als menschlich auf mich. Ich meine, sieh dir doch mal ihre Augen an."

Wut flackert in Kevins Gesicht auf, doch er hat sich schnell wieder unter Kontrolle. „Das Virus hat auf sie anders gewirkt, als auf die Infizierten. Sie ist immer noch ein Mensch. Nur besser. Und diese neue Welt stellt für sie keine Gefahr mehr dar."

Ich schnaube amüsiert und schüttele den Kopf. „Nein, das stimmt. Es ist wohl eher umgekehrt."

Kevin schweigt für ein paar Sekunden ohne den Blick von mir abzuwenden. Dann hebt er die Zange wieder an und lächelt. „Zeit, den Schalter umzulegen, Raik."

KAPITEL 5

HÜLYA

Habe ich mich eben noch über Kälte und Schmerzen beschwert? Ich nehme es zurück. Eben ging es mir gut. Es ging mir wunderbar. Jetzt allerdings habe ich genug Grund zu jammern.

Nach der ersten Schrecksekunde werden Paddy und ich hektisch. Ich krabbele auf die Rückbank und lehne mich wie Paddy zuvor in den Kofferraum, um nach weiteren Waffen zu suchen. Jeder von uns hatte eine am Körper. Aber mit dem kleinen Messer, das ich immer bei mir trage, komme ich da draußen nicht weit. Irgendwo muss noch eine Schusswaffe sein. Eigentlich ein Tabu, weil wir keine von den lautlosen mehr dabei haben. Aber gegen ein Dutzend Infizierte kommen wir nicht mit Messern an.

Nervös krame ich in unseren Sachen herum, schleudere Kissen, Decken und sonstiges Zeug zur Seite. Dann finde ich einen der Notfallrucksäcke, gefüllt mit Lebensmitteln, Wasser, Hygieneartikeln und anderen dringenden Dingen. Ich werfe ihn mir über die Schulter und suche weiter.

„Schneller, Hülya!", drängelt Paddy von vorne. „Wir müssen hier raus, bevor sie uns erreicht haben. Sonst bekommen wir nicht mal mehr die Türen auf."

„Ja, ja!", rufe ich zurück und aus irgendeinem Grund habe ich dabei meine Mutter vor Augen, die mich mit strengem Blick tadelt: „*Ja ja heißt: Leck mich am Arsch!*"

Endlich bekommen meine Finger den Lauf einer Waffe zu spüren. Ich lache erfreut auf und zeige sie Paddy, der sie mir sofort wegnimmt.

Ich sehe ihn empört an. „Hey!"

„Glaub mir, ich kann besser damit umgehen."

Ich will etwas erwidern, doch für Grundsatzdiskussionen bleibt uns gerade keine Zeit. Also folge ich ihm aus dem Auto in den Regen und zücke mein kleines Messer. Der erste Infizierte hat uns bereits erreicht und um Kugeln zu sparen, sticht Paddy ihm das Fleischmesser ins Auge. Ich übernehme den nächsten. Eine leicht untersetzte Frau mit Küchenschürze. Der graue Dutt baumelt locker auf ihrer Schulter. Ich tue es Paddy gleich und wähle das Auge. Die leichteste und effektivste Einstichstelle.

Noch bevor die Frau auf dem Boden aufschlägt, rennen Paddy und ich los. Paddy feuert drei Schüsse aus der Pistole ab und tatsächlich sacken genau drei der Infizierten in sich zusammen. Er ist wirklich gut. Muss an seiner jahrelangen Egoshooter-Erfahrung liegen.

So schnell wir können, hasten wir die Straße entlang. Der Regen prasselt auf uns herab und ich muss mir immer wieder die Tropfen aus den Augen wischen, damit sie mir nicht die Sicht nehmen. Der Rucksack klappert bei jedem meiner Schritte und hopst auf meinem Rücken hin und her. Ein Blick über die Schulter verrät mir, dass uns noch vier weitere Infizierte folgen. Aber Paddy hat wohl entschieden, keine weitere Kugel mehr zu verschwenden.

„Da lang!", ruft er über die Schulter und deutet in den angrenzenden Wald. Der Vorteil des Waldes ist es, dass wir dem Regen hier nicht mehr ungeschützt ausgeliefert sind. Die dichten Nadeltannen halten ihn weitestgehend von uns ab. Der Nachteil ist allerdings der weiche Boden. Wir kommen bei Weitem nicht so schnell vorwärts wie auf der asphaltierten Straße. Ein Glück, dass die Infizierten nicht so schnell sind. Eine Zeit lang höre ich ihre schlurfenden Schritte und ihr Grunzen und Stöhnen noch hinter uns, dann wird es allmählich stiller um uns herum. Nur unsere eigenen Schritte und der klappernde Rucksack auf meinem Rücken sind noch zu hören. Nach und nach drosseln wir das Tempo bis wir schließlich schwer atmend stehen bleiben und uns umschauen. Wir sind mitten in einem dichten Nadelwald. Die Bäume hier sind so hoch, dass ich mir winzig klein vorkomme. Es wirkt wie eine Kulisse aus Jurassic Park.

Ich sehe hinab auf den feuchten Boden und seufze: „Meine Füße sind nass."

„*Alles* ist nass", korrigiert mich Paddy und sieht sich noch einmal um. „Mit Schlaf wird das wohl nichts mehr heute Nacht."

„Ich wünschte, diese grausame Nacht wäre endlich zu Ende", grummele ich und ziehe den Rucksack vom Rücken. Darin finde ich zwei klein zusammengefaltete Plastiktüten. Eine davon reiche ich Paddy. Wir falten sie auseinander und breiten sie unter einem der Bäume aus, um uns darauf setzen zu können. Gegen die Kälte hilft das nicht, aber zumindest durchweichen wir uns nicht auch noch den Hosenboden. Ich ziehe die Knie eng an meinen Oberkörper und umschlinge sie mit den Armen, um mich selbst warm zu halten. Da es regnet, liegt die

Temperatur vermutlich noch nicht im Minusbereich, aber es kommt mir so vor. Vom Frühling, der eigentlich herrschen sollte, ist zurzeit nichts zu spüren.

Paddy schaut grimmig vor sich hin, bis er irgendwann aufspringt und mich ansieht. „Halt dir mal die Ohren zu."

„Was?"

„Halt dir die Ohren zu."

„Wieso…", setze ich an, doch er unterbricht mich unwirsch.

„Jetzt halt sie dir schon zu, verdammt!"

Ich gebe es auf, weiter nachzuhaken und presse mir die Hände auf die Ohren. Dann sehe ich ihn unter hochgezogenen Augenbrauen an.

Paddy nickt und dann beginnt er auf eine Art zu fluchen, die mir die Schamesröte ins Gesicht treibt. Ich bin Einiges gewohnt, aber die Worte, die er von sich gibt, würde ich nicht einmal denken. Es dauert etwa zwei Minuten, in denen er wütend auf und ab stampft und eine ganze Fluchtirade ablässt, dann wird er still und nickt mir schließlich zu.

Ich lasse die Hände sinken. „Was war das denn?"

„Ich habe gebetet. Zu meinem Gott. Das sollte ein Moslem wie du nicht hören."

Ich verzichte darauf, ihm zu sagen, dass ich zwar einmal muslimisch war, ich aber schon lange an keinen Gott mehr glaube.

„Okay", erwidere ich also nur und beobachte, wie er sich wieder neben mich sinken lässt und mit dem Rücken an den Baumstamm lehnt.

„Du glaubst auch nicht mehr, dass wir sie nochmal wiederfinden, oder?"

Paddys Schweigen ist Antwort genug. Wir sind wer weiß wie viele Kilometer von Raik und Mila getrennt, haben kein Auto mehr und Proviant für maximal drei Tage. Wir wissen nicht einmal, wo es in die nächste Ortschaft geht oder wie groß dieser Wald ist. Verdammt. Ich weiß ja nicht mal mehr, wie wir zurück zur Straße kommen.

Neben mir knistert etwas, dann hält Paddy mir einen halben Schokoriegel hin. Zum Dank schenke ich ihm ein Lächeln und er erwidert es sogar.

Während ich so langsam wie möglich die Schokolade lutsche, denke ich darüber nach, wie es wohl weiter gehen soll. Wir müssen dringend eine Unterkunft finden, sonst holen wir uns hier draußen den Tod. Außerdem brauchen wir neue Lebensmittel, wenn wir nicht verhungern oder verdursten wollen. Wenn es weiter regnet, könnten wir den Regen vielleicht auffangen und abkochen. In meinem Rucksack befindet sich eine kleine Blechtasse. Die wäre dafür geeignet. Aber wie macht man Feuer, wenn alles nass ist? Raik wüsste da sicher eine Lösung. Aber Raik ist nicht hier. Hier sind nur Paddy und ich. Für eine sehr, sehr lange Zeit.

Ich stoße ein verzweifeltes Lachen aus, das sich mehr wie ein Schnauben anhört und Paddy sieht mich fragend an. „Was?"

Ich schüttele den Kopf. „Wie verrückt das alles ist. Da sitzen wir, ausgerechnet wir beide, in strömendem Regen mitten im Wald und lutschen Schokolade. Hätte mir das jemand vor drei Jahren gesagt…" Ich schüttele noch einmal den Kopf.

„Was heißt denn hier *ausgerechnet wir beide*?" Paddy sieht mich an, als hätte ich ihn beleidigt.

Ich lache leise. „Also, wenn es zwei Menschen auf dieser Erde gibt, die nicht zueinander passen, dann sind das ja wohl wir zwei, oder?"

„Warum?", will er wissen und sein Blick ist so bohrend, dass ich ihm ausweichen muss.

„Na ja..." Ich zögere. „Weil..."

„Weil du 'ne heiße Braut bist und ich..." Er deutet an sich hinunter. An seiner ausgewaschenen., braunen Daunenjacke und der hässlichen Tarnlookhose. Ich sehe ihm wieder ins Gesicht. Die roten Haare hängen ihm strähnig in die Stirn. Die Sommersprossen auf seiner Nase wirken in der Dunkelheit wie kleine Dreckspritzer.

„Quatsch", antworte ich lahm und er verzieht den Mund.

„Ist schon klar", meint er und betrachtet seine Finger. Dann sagt er nichts mehr und das ist schlimmer, als jedes seiner Worte.

„Paddy, wirklich. So habe ich das nicht gemeint. Ich..." Aber wie habe ich es gemeint? Jede Erklärung wäre wohl eine weitere Beleidigung.

Sein Blick ist kurz unscharf, als wäre er in Gedanken woanders. Dann schüttelt er leicht den Kopf und steckt sich das letzte Stück Schokolade in den Mund. „Du übernimmst die erste Wache", kommandiert er, lehnt seinen Kopf an den Baumstamm und schließt die Augen.

„Was?" Überrumpelt starre ich ihn an. „Du willst jetzt schlafen? Ist das dein Ernst?"

Sein Mund öffnet sich leicht zu einem leisen Schnarchen. Ich weiß, dass es nur gespielt ist, denn so schnell schläft selbst ein Paddy nicht ein. Frustriert boxe ich ihm gegen den Oberarm und bin erleichtert, als ein kleines Lächeln über seinen Mund huscht.

KAPITEL 6

RAIK

Schmerz. Heißer, stechender Schmerz. Zu mehr Empfindungen bin ich nicht mehr in der Lage. Vollkommen erschöpft und unkontrolliert zitternd liege ich auf der Bank, die Augen geschlossen und warte ab, was Kevin sich als nächstes ausdenkt.

Inzwischen bin ich froh, dass Mila ohnmächtig ist. Sie hätte mir sowieso nicht helfen können.

„Kevin", jammert Larissa, die neben ihrem Bruder steht. „Wie lange dauert das noch? Mir ist langweilig."

„Ich weiß auch nicht."

Alleine beim Klang seiner Stimme zucke ich zusammen.

„Das hat noch nie so lange gedauert", meint er. „Der Alien muss ziemlich stark sein. Vielleicht sollten wir es doch nochmal mit Feuer versuchen."

„Hör auf", flüstere ich. „Bitte hör auf." Der letzte Feuerversuch hat mir ein großes Brandmal am Arm und eines am Oberschenkel beschert. Die Kleidung ist an diesen Stellen bereits mit meiner Haut verschmolzen.

„Mit wem spreche ich?", will er wissen.

„Mit wem auch immer du willst", erwidere ich erschöpft und warte auf die nächste Folter. Vielleicht habe ich Glück und verliere noch einmal das Bewusstsein.

„Bist du dir sicher, dass er der Richtige war?", fragt seine Schwester. Ihre Stimme klingt so süß und unschuldig.

Kevin nickt. „Ganz sicher."

„Aber warum funktioniert es dann nicht?"

„Ich weiß es doch auch nicht, Rissa." Im Gegensatz zu ihr klingt er gereizt. Ich höre etwas klappern und öffne langsam die Augen. Er durchwühlt Werkzeug, stöhnt genervt und fegt dann alles mit einer Bewegung seines Arms zu Boden.

„Scheiße!", flucht er.

Seine Schwester zeigt keine Reaktion. Sie starrt ihn stumm an, aus ihren gruseligen schwarzen Augen.

„Sieh mich nicht so an!", schreit er, doch sie reagiert nicht. „Du sollst weggucken!"

Larissa zwinkert. Sehr langsam. Doch sie wendet den Blick nicht ab.

Kevin fährt sich frustriert mit den Händen über das Gesicht und verkrallt die Finger in seinen Haarspitzen. „Ich kann das nicht ertragen", murmelt er. „Das weißt du genau."

Sie schweigt und starrt weiter, während ihr Bruder leise seufzt. Dann geht er auf sie zu und zieht sie in seine Arme. „Es tut mir leid", flüstert er in ihre Haare und drückt ihr einen Kuss auf den Scheitel. „Ich wollte dich nicht anbrüllen."

Doch er kann nicht sehen, was ich sehe. Denn während sie die Umarmung ihres Bruders stumm hinnimmt, starrt sie weiter. In ihrem Gesicht ist nicht einmal der Anflug eines Gefühls zu erkennen.

Und er kann nicht fühlen, was ich fühle. Nämlich, dass seine Schwester schon lange nicht mehr lebt. Seine Schwester ist tot. Was er dort umarmt ist lediglich eine Hülle, gefüllt mit Schwärze.

KAPITEL 7
HÜLYA

Meine Schicht dauert bis zum Morgengrauen und als Paddy endlich aufwacht, bin ich bereits so übermüdet, dass ich nicht mehr müde bin. Im Gegenteil. Ich fühle mich hellwach. Deshalb überrede ich Paddy, sofort aufzubrechen. Im Laufen lockern wir unsere steifen Gelenke. Nässe und Kälte sitzen uns in den Knochen. Aber immerhin ist die Nacht vorüber und auch der Regen lässt allmählich nach. Hinter den Bäumen blitzen die ersten Sonnenstrahlen hervor und erwärmen den nassen Waldboden.

Nebel steigt um uns herum auf und erschwert die Sicht noch einmal. Gegenüber den Infizierten sind wir nun wieder im Nachteil. Denn auch, wenn sie uns genauso schlecht sehen können, wie wir sie, haben sie immer noch ihren Geruchssinn. Sie müssen einfach nur ihren Nasen folgen, um uns zu finden.

Möglichst leise schleichen wir durch das Unterholz, Messer und Pistole immer griffbereit. Doch auch als die Sonne schon hoch am Himmel steht und es endlich schafft, unsere Kleidung zu wärmen, sind wir noch keinem Infizierten begegnet.

„Scheint eine ruhige Gegend zu sein", spricht Paddy aus, was ich denke.

Ich nicke. „Wir müssen sehr weit weg vom nächsten Ort sein."

Für den Moment ist das gut, weil ich gerade keinen weiteren Nervenkitzel vertragen kann. Aber die Ungewissheit darüber, wo wir uns befinden und wie lange wir bis zur nächsten Ortschaft brauchen, schlägt mir auf den Magen. Die letzte Nacht war kalt und nass. Dieses Erlebnis möchte ich nur ungerne noch einmal wiederholen. Mit Schaudern denke ich dabei an meine letzte Grippe zurück. Was uns früher nur ein paar Tage auf der Couch mit Hühnersuppe und Netflix beschert hat, kann jetzt tödlich für uns enden. Wie zur Bestätigung muss ich dreimal hintereinander niesen und verziehe das Gesicht, weil mein Hals dabei wieder höllisch schmerzt.

„Wag es bloß nicht, jetzt nochmal krank zu werden", mahnt Paddy mich wenig sensibel.

Ich schnaube leise. „Danke für den Hinweis. Ich werde es meinem Körper ausrichten. Vielleicht hört er ja auf eine nette Bitte."

Paddy dreht sich zu mir herum und läuft rückwärts weiter, während er an sich hinab deutet. „Nimm dir ein Beispiel an mir. Ich war noch nie krank."

„Noch nie", wiederhole ich sarkastisch. „Ja, genau. Du bist gegen alles immun."

„Ja", bestätigt er ohne jeden Humor in der Stimme. „Bin ich. Ich würde es dir ja beweisen, aber ich will nicht so enden wie Mila."

„Klar", murre ich. Er grinst und zwinkert mir zu, bevor er sich herumdreht und fröhlich pfeifend weitermarschiert. Wie kann er so gut gelaunt sein? Er treibt mich in den Wahnsinn. Und was war das gestern Abend? Diese verletzliche Seite an ihm? Hat er das auch wieder nur gespielt? Wollte er mich verarschen? Während ich darüber nachdenke und Paddy gleichzeitig ein Loch in den Hinterkopf starre, bemerke ich gar nicht, dass er plötzlich stehen bleibt. Ich renne ihn beinahe über den Haufen und bekomme seinen Ellbogen in den Bauch, als er mich zurückhält.

„Hey!", beschwere ich mich. „Warum bleibst du einfach…" Ich verstumme, als ich den Grund für sein abruptes Stoppen erkenne. Vor uns sackt der Waldboden ein Stück ab und bildet eine Art Tal. Etwa hundert Quadratmeter im Durchmesser. In der Mitte der Senke stehen vier schmutzige Zelte, in einem Kreis angeordnet. Mittig ein erkaltetes Lagerfeuer. Meine Augen huschen hin und her, um die Lage möglichst schnell zu erfassen. Eines der Zelte ist in sich zusammengefallen. Gegenstände wie Töpfe, Plastikstühle und Koffer liegen verstreut über dem Waldboden. Und das, was ich eben noch für Schmutz gehalten habe, sieht bei näherem Hinsehen verdächtig nach getrocknetem Blut aus. Die Zeltwände sind damit beschmiert.

Sofort greife ich nach meinem Messer, während Paddy einen Schritt nach vorne macht und halb hockend, halb stehend den Hang hinabrutscht. Ich beobachte, wie er sich langsam einem der Zelte nähert. Am Eingang hebt er die Plane hoch und schaut vorsichtig hinein. Dann sieht er zu mir hinauf und schüttelt den Kopf. Ich warte ab, bis er alle Zelte durchsucht hat, dann rutsche auch ich hinunter in die Senke.

„Was meinst du, wo sie hin sind?", frage ich ihn, als er mit einem Stock in der Asche herumpiekst, um zu überprüfen, ob sie noch heiß ist.

„Vermutlich auf der Suche nach etwas Essbarem im Wald unterwegs."

„Das Essbare sind dann in dem Fall vermutlich wir, nicht wahr?"

„Jap." Er stochert noch ein wenig in den kalten Kohlen, dann wirft er den Stock weg und sieht sich um. „Es ist später Nachmittag. Wir könnten die Nacht hier verbringen."

Ich ziehe die Augenbrauen hoch. „In dieser Kuhle? Wir sind hier unten allen Gefahren ausgeliefert. Ich finde die Idee nicht so schlau."

Paddy deutet auf den Rand der Senke. „Wir könnten oberhalb des Hanges einen Zaun errichten. Das hält zumindest die Infizierten eine Weile auf."

Ich folge seinem Finger mit den Augen und denke eine Weile über seinen Vorschlag nach. Mir wäre es auch lieber, in einem der Zelte zu schlafen, als noch einmal loszulaufen und die Nacht unter freiem Himmel zu verbringen. Also nicke ich. „Okay. Aber lass uns die Enden des Zaunes anspitzen. Vielleicht haben wir Glück und sie spießen sich selbst daran auf."

Die Sonne geht bereits unter, als wir endlich den letzten provisorischen Ast in die Erde rammen und durch dünnere Zweige mit den anderen verbinden.

„Ist wie Osternester bauen", meint Paddy. „Was meinst du? Ist es vielleicht sogar schon Zeit für Ostern?"

„Ich hab keine Ahnung, Paddy. Ich mache mir zurzeit ehrlich gesagt eher über andere Dinge Gedanken."

Er nickt, während er am Zaun rüttelt, um dessen Standfestigkeit zu überprüfen. „Ja, das ist dein Problem."

„Was?", frage ich gereizt, weil er mal wieder meint, mich bis auf den Grund meiner Seele durchschauen zu können.

„Dass du dir über alles viel zu viele Gedanken machst. Du wirst irgendwann mal so durch die Gegend laufen." Mit den Zeigefingern zieht er beide Mundwinkel hinunter und sieht nun aus wie Grumpy-Cat. „Du musst mal mehr lachen. Täte dir echt gut."

„Lachen, Paddy? Lachen? Ist das dein Ernst?" Ich deute unter uns, auf die Senke und die blutigen Zelte. „Worüber sollte ich denn bitteschön lachen?" Paddy schafft es, mein Blut zum Kochen zu bringen. Ich habe eindeutig schon zu viel Zeit mit ihm verbracht.

„Hierüber zum Beispiel: Geht eine dicke Frau in die Bäckerei und sagt: ,Ich möchte gerne Rumkugeln.' Darauf der Konditor: ,Aber nicht in meinem Laden.'"

Ich starre Paddy sprachlos an.

„Oder der hier: Ein Mann und eine Frau sitzen zusammen im Restaurant. Plötzlich bekleckert sich die Frau und sagt: ,Mist, jetzt sehe ich aus wie ein Schwein.' Darauf der Mann: ,Und bekleckert bist du auch noch.'"

„Paddy, du…"

„ ,Herr Doktor, ich komme mir so unglaublich überflüssig vor.' ,Der Nächste bitte!'"

„Paddy!"

„Was sagt der große Stift zum kleinen Stift? Wachsmalstift!"

47

„Das ist nicht…"

„Was ist niedlich, hüpft über die Wiese und qualmt? Ein Kaminchen!"

„Wie viele von den blöden W…"

„Gehen zwei Eskimos nach Hause. Fragt der Eine: ‚Wo ist eigentlich dein Iglu?' Darauf der andere: ‚Oh nein! Ich hab das Bügeleisen angelassen!'"

Bevor ich noch etwas erwidern kann, rattert er weiter: „Wie heißt ein Spanier ohne Auto? Carlos. Wie heißt ein helles Mammut? Helmut. Was ist braun und steht am Straßenrand? Das Erdnüttchen."

Mein linker Mundwinkel zuckt.

„Patient: ‚Herr Doktor, wie lange habe ich noch zu leben?' Doktor: ‚Zehn.' ‚Zehn was? Jahre? Monate? Tage?' Doktor: ‚Neun…'"

Ich kann nicht mehr. Das Lachen platzt aus mir heraus, wie Wasser aus einem überfüllten Ballon. Ich lache und lache, während Paddys Grinsen immer breiter wird und er schließlich mit einstimmt. Ich presse mir die Hände vor den Bauch, weil mein Magen es gar nicht mehr gewohnt ist, so durchgeschüttelt zu werden.

Paddy grunzt, was uns nur noch weiter anspornt.

„Warte, warte!", rufe ich, während ich mich schon krümme und strecke eine Hand hoch. „Ich hab auch einen: „Ein Junge hilft einer alten Nonne über die Straße. Sie ‚Vielen Dank, mein Junge.' Er: ‚Kein Problem. Batmans Freunde sind auch meine Freunde.'"

Paddy und ich prusten wieder los. Er ist inzwischen hochrot im Gesicht und ich sehe wahrscheinlich nicht viel besser aus.

„Einer geht noch", meint er japsend. Aber bevor er erneut ansetzen kann, rutsche ich auf dem weichen Hang aus und komme ins Schlingern. Mit rudernden Armen versuche ich, das Gleichgewicht wiederzufinden, halte mich im letzten Moment an Paddy fest und ziehe ihn mit mir. In einem Knäuel aus Armen und Beinen kugeln wir den Hang hinab und bleiben knapp neben der Feuerstelle liegen. Ich liege auf dem Rücken, Paddys Beine, quer über meinem Bauch und starre in die Baumwipfel.

Paddy seufzt, keiner von uns bewegt sich von der Stelle, denn wir wissen beide genau, dass die gute Laune dahin sein wird, sobald wir aufstehen.

Ich atme noch einmal tief ein und wische mir mit dem Handrücken über die müden Augen. „Wir sollten das Feuer anmachen, sonst wird die Nacht wieder eisig."

„Ja", stimmt er mir leise zu, „sollten wir."

Trotzdem bleiben wir noch einige Minuten liegen und lauschen in uns hinein. Tief in meinem Inneren verklingt mein Lachen und allmählich finde ich in die triste Realität zurück.

KAPITEL 8

RAIK

Der nächste Abend bricht an. Seit mehr als vierundzwanzig Stunden liege ich also nun schon gefesselt auf dieser Bank. Allmählich drückt meine Blase und mein Magen meldet sich ebenfalls zu Wort. Den Tag über hat Kevin mich zum Glück in Ruhe gelassen. Er und seine Schwester waren lange weg und als sie wiederkommen, sehe ich ihn kauen. Er hat also etwas zu essen.

Ich mache mir nicht die Mühe, an meinen Fesseln zu ziehen, als er auf mich zugeht. Stattdessen schaue ich zu Mila hinüber, die ein leises Stöhnen von sich gibt. Kevin folgt meinem Blick und nickt.

„Sie lebt ja doch noch. Gut."

Larissa bleibt im Eingang stehen und betrachtet Mila von dort aus. „Vielleicht sollten wir doch mit ihr weitermachen."

Kevin nickt wieder. „Denke ich auch. Dante wird niemals zulassen, dass wir Mila wehtun. Deshalb bin ich mir sicher, dass er sich früher zeigen wird, als der andere."

Ich will widersprechen, will Mila in Schutz nehmen. Wie gerne würde ich sagen, dass sie mich und nicht sie quälen sollen. Aber gleichzeitig bin ich fei-

51

ge. Ich will keine Schmerzen mehr haben. Daher kommt kein Wort über meine Lippen, als Kevin meine Fesseln lockert und mich von der Bank schiebt. Dies wäre der perfekte Zeitpunkt für eine Flucht, aber meine Beine geben unter mir nach und nur mit Kevins Hilfe schaffe ich es zur Wand, um dort in die Knie zu gehen. Kevin bindet mich an eine Öse, die in die Wand eingelassen ist. Dann hebt er Mila hoch und trägt sie zur Bank. Ich muss etwas sagen. Ich muss etwas tun. Aber ich kann nicht. Alles, was ich tue, ist zu beobachten, wie Kevin Mila, die wieder leise stöhnt, an der Bank festbindet. Mit einer fast zärtlichen Bewegung streicht er ihr die Haare aus dem blassen Gesicht.

„Soll ich dir etwas Witziges sagen, Raik?", fragt er, sieht dabei aber weiter Mila an. Ich antworte deshalb nicht auf seine Frage. Das scheint ihn nicht zu stören, denn er erzählt es mir auch so.

„Ich kannte Mila schon bevor die Welt zusammenbrach. Bevor der erste Mensch infiziert wurde. Bevor wir alle unser Zuhause verloren. Und bevor sie Dante kennenlernte." Er schweigt kurz und betrachtet sie fast verträumt. „Damals war sie ganz anders."

Wer war damals nicht anders?, will ich fragen, schweige dann aber weiter.

„Sie war süß, witzig, ein wenig kindisch. So unschuldig. Ich weiß noch, wie sie mich anschnauzte und dabei hochrot anlief." Kevin lächelt, als er sich selbst zurückerinnert. „Damals war ihr größtes Problem, der Brandfleck auf der Couch ihrer Eltern."

Er sieht mich an und langsam verschwindet das Lächeln wieder aus seinem Gesicht. „Wenn sie das hier nicht überlebt, dann ist das ganz allein seine Schuld. Er und seine Art haben ihr das angetan."

Ich weiß nicht, ob er es ahnt, aber seine Worte geben mir die Kraft, mich wieder zu regen. Wut kocht in mir hoch und bahnt sich ihren Weg nach draußen. Nur von Marek ist weiterhin nichts zu spüren.

„Nein, Kevin. Wenn sie das nicht überlebt, bist du allein dafür verantwortlich. Dann klebt ihr Blut an deinen Händen."

Er runzelt die Stirn und sein Blick wird scharf. „Halt den Mund!"

„Warum? Weil du die Wahrheit nicht ertragen kannst? Du hast sie nicht mehr alle. Du und deine Schwester, ihr seid wahnsinnig. Es mag sein, dass die Aliens euch zerstört haben, aber das gibt euch noch lange nicht das Recht, uns dasselbe anzutun."

„Aber dieser Alien. Der sitzt in dir drin." Kevins Stimme überschlägt sich fast. „Er hat sich an dich gehängt, wie eine Zecke. Willst du ihn denn nicht loswerden?"

„Natürlich will ich das. Aber das, was ihr hier macht, ist falsch. Es gibt sicher einen anderen Weg."

Tatsächlich habe ich kurz Hoffnung, dass ich mit meinen Worten etwas erreichen kann. Kevin wird still und wirkt plötzlich niedergeschlagen. „Ich wünschte, es wäre so."

Von der Tür aus beobachtet uns seine Schwester. Während sich in Kevins Augen all seine Gefühle widerspiegeln, starren ihre einfach leer vor sich hin. Ich sehe in diese schwarzen Löcher und suche nach irgendetwas, das mir sagt, dass sie noch ein Herz hat, eine Seele.

„Kev", sagt sie und löst ihren Blick von mir, um ihren Bruder anzusehen. „Er wollte mich töten." Er erwidert ihren Blick einige Sekunden, dann schließt er die Augen und nickt. „Ja, ich weiß."

„Du hast gesagt, du wirst ihn vernichten, damit er mir nie wieder etwas tun kann."

Er nickt wieder. „Ja."

„Damit ich keine Angst mehr haben muss."

Kevin öffnet die Augen. Sein Blick ist nun entschlossen. „Und was ich versprochen habe, das halte ich auch. Das weißt du, Rissa."

Er lächelt sie zaghaft an, doch sie starrt bloß zurück. Schließlich sacken seine Schultern ergeben hinab und er wendet sich wieder Mila zu. „Na, dann wollen wir mal."

KAPITEL 9
HÜLYA

Der Wind rüttelt an der Zeltplane und fegt einen kalten Luftzug zu mir hinein. Ich hatte mich dafür entschieden, ein eigenes Zelt zu nehmen. Inzwischen bereue ich diese Entscheidung. Es ist ungewohnt und gruselig so ganz alleine. Ich weiß, dass Paddy draußen vor dem Feuer sitzt und Wache hält, aber trotzdem fahre ich bei jedem Geräusch wieder hoch.

„Alles klar bei dir da drin?", fragt Paddy, als ich mich zum gefühlt hundertsten Mal auf der Isomatte umdrehe. Ich schlafe in einem fremden Schlafsack. Ein Schlafsack, den ich zuvor mit Regenwasser grob reinigen musste, das ich in einem Eimer gefunden habe. So sind zumindest die Blutkrusten nicht mehr zu ertasten. Aber alleine das Wissen, dass da noch Blut und was weiß ich noch alles, an dem Stoff klebt, lässt mir übel werden. Die Alternative wäre allerdings, ohne Decke zu schlafen. Und das ist ausgeschlossen.

„Ja", rufe ich zurück und beobachte die Lichtspiele, die das Feuer auf der Zeltplane verursacht. Die zweite Nacht ohne Mila und Raik. Wie es ihnen jetzt wohl geht? Ob sie noch leben? Es frustriert mich, dass wir zum Nichtstun verdammt sind. Immer wieder gehe ich in Gedanken unsere Möglichkeiten durch. Aber was sollen wir schon machen? Es wird Wochen dauern, die Umgebung zu durchkämmen. Und vielleicht sind sie ja auch schon längst Kilometerweit entfernt. Oder tot. Etwas in meiner Brust zieht sich bei dem Gedanken daran schmerzhaft zusammen.

Ich will es nicht, aber ich muss auch an Chris denken. Wie kam es, dass Marek ihn übernehmen konnte? Wann ist das passiert? Und warum hat Raik es nicht bemerkt?

„Paddy?", frage ich in die Stille hinein.

„Mh?", brummt er zurück.

„Wenn Marek nicht mehr in Raiks Körper ist, dann werden sie Raik doch bestimmt wieder laufen lassen, oder?"

Er schweigt eine Weile, in der ich nur das Knistern des Feuers höre. „Wenn sie es denn herausfinden."

Ich beiße mir auf die Unterlippe und drehe mich auf den Bauch, um zum Zelteingang hinauszuspähen. Paddy sitzt mit dem Rücken zu mir auf einem Holzklotz. Hin und wieder stochert er mit einem Ast ins Feuer, woraufhin, kleine, glühende Funken aufsteigen. „Was meinst du, was machen sie mit den beiden?"

Ein wenig nagt das schlechte Gewissen an mir. Wir waren so sehr mit unseren eigenen Problemen beschäftigt, dass wir darüber noch gar nicht nachgedacht haben.

„Ich weiß nicht", antwortet er. „Ehrlich gesagt, will ich das auch gar nicht wissen."

Jetzt, wo ich über alles nachdenke, kommen mir tausend neue Fragen. „Kevins Schwester", überlege ich, „wie kommt es, dass sie … so ist?"

Paddy hört auf zu stochern und dreht sich halb zu mir um. „Ich hab keine Ahnung. Aber sie ist das, was Mila einmal war."

„Aber du hast doch mal erzählt, dass Mila so geworden ist, weil die Aliens damals Experimente mit ihrer Mutter gemacht haben. Also, wie kann es sein, dass Larissa genauso ist?"

Er zuckt mit den Schultern. „Glaubst du nicht, dass ich es dir schon gesagt hätte, wenn ich es wüsste?"

„Also ist sie nicht die Einzige", stelle ich fest, ohne auf seinen gereizten Tonfall zu reagieren.

„Offensichtlich nicht."

Frustriert befreie ich mich aus meinem Schlafsack und krabble aus dem Zelt, um mich zu Paddy ans Feuer zu setzen. Dort überlege ich weiter. „Sie ist also eine neue Kreation. Eine Kreuzung aus Alien und Mensch?"

„Sieht so aus."

„Und sie kann nicht nur die Infizierten lenken, sondern auch die Aliens schwächen. Oder wie?"

Paddy wirft seinen Stock ins Feuer. „Hältst du mich für den Experten in Sachen fremde Lebewesen? Mein Name ist nicht Scully."

Ich fuchtele mit der Hand vor seinem Gesicht herum, um ihn zum Schweigen zu bringen. „Ich denke doch nur laut nach. Sei einfach still. Wenn wir also mehr von ihrer Sorte finden würden, könnten wir die Aliens schwächen. Und wenn wir dann noch die Kapseln zerstören, haben wir nicht nur das Problem beseitigt, sondern auch die Ursache."

Paddy sieht mich lange an. „Seit wann bist du so optimistisch?"

„Seitdem du es anscheinend nicht mehr bist", entgegne ich und strecke ihm kurz die Zunge heraus."

„Bleiben aber mehrere Schwierigkeiten. Zum Beispiel: Wie sollen wir die anderen *Mischwesen* finden?" Er legt das Wort in Anführungszeichen. Ich überlege einen Moment, dann sage ich:

„Lass sie uns X nennen."

„X?"

„Ja, weil sie doch eine Kreuzung sind. Und: Ich habe keine Ahnung, wie wir sie finden können."

„Prima", meint Paddy sarkastisch. „Dann sind wir also kein Stück weiter als vor deinem ganzen Gebrabbel. Aber herzlichen Glückwunsch zu dieser kreativen Namensfindung."

„Ach, halt doch einfach die Klappe", murre ich und verschränke die Arme vor der Brust. Missmutig starre ich ins Feuer und versuche, Paddy zu ignorieren.

Nach einer Weile seufzt er leise. „Tut mir leid."

„Was?" Ich schaue überrascht auf. „Was hast du gesagt?"

Er verzieht den Mund. „Es tut mir leid. Es ist nur so, dass…" Er lässt den Satz unvollendet und schüttelt den Kopf.

„Du vermisst sie, nicht wahr?"

Sein Schweigen ist Antwort genug.

„Ich vermisse Raik und Mila auch", sage ich. „Und deshalb denke ich, sollten wir die Hoffnung nicht aufgeben." Als er wieder nicht reagiert, stoße ich ihm meinen Ellbogen in die Rippen. „Hey, du warst doch Derjenige, der meinte, wir finden sie wieder."

„Ja, aber doch nur, damit du keinen Nervenzusammenbruch erleidest."

„Oh, wie galant von dir." Ich verdrehe die Augen. „Tja, ich nehme dich allerdings beim Wort. Also gib' mir deinen kleinen Finger."

Er sieht mich unter hochgezogenen Augenbrauen an, doch ich halte ihm nur meinen kleinen Finger entgegen. Zögernd hakt er seinen bei mir ein und ich schüttele ihn enthusiastisch. „Das nehme ich als Versprechen. Wir finden sie. Du und ich. Weil wir ein gutes Team sind. Okay?"

Paddy presst die Lippen aufeinander und starrt auf unsere ineinander verhakten Finger. Dann lächelt er. „Okay. Gib mir mal dein Messer." Er streckt fordernd die Hand aus.

Da ich gelernt habe, ihm nicht allzu viele Fragen zu stellen, reiche ich es ihm wortlos. Er rutscht von dem Holzklotz, auf dem er saß, hockt sich davor und klemmt ihn sich zwischen die Knie. Dann ritzt er mit dem Messer in das Holz.

PADDY was here schreibt er und als ich empört mit der Zunge schnalze, fügt er hinzu:

+ Hülia

„Du hast meinen Namen falsch geschrieben!", meckere ich leise, nehme ihm das Messer aus der Hand und versuche, zu retten, was zu retten ist. Das Ergebnis sieht mehr nach *Hülxa* aus, als nach meinem Namen.

„Ach, man", murre ich und verschränke die Arme vor der Brust.

„Macht nichts", meint Paddy. „Liest ja eh keiner."

KAPITEL 10

RAIK

Noch bevor Kevin die Zange an Milas linkem Ohrläppchen ansetzen kann, öffnet sie die Augen. Sie blinzelt ein paar Mal, dann scheint sie zu begreifen und beginnt, sich hin und her zu winden.

„Was tust du da?", schreit sie in Panik. Kevin zieht die Zange wieder zurück und sieht sie ernst an.

„Ich möchte mit *ihm* sprechen."

„Was?" Mila lässt den Blick durch den kleinen Schuppen gleiten und entdeckt mich an der Wand hockend. „Raik! Was ist hier los?" Ihre Augen werden groß. „Was haben sie mit dir gemacht?"

„Lass mich mit ihm sprechen und dir passiert nichts", verspricht Kevin ihr, doch sie zerrt nur weiter an ihren Fesseln. „Mach mich los. Sofort!"

Kevin legt die Zange beiseite und stützt sich mit beiden Händen auf der Bank ab. „Hör zu, es kann für dich ganz ohne Schmerzen ablaufen. Sei nicht so stur wie dein Freund dahinten. Ich weiß, dass du einen guten Draht zu Dante hast und ihn jederzeit herrufen kannst. Also tu es lieber."

Milas Bewegungen werden langsamer, bis sie ruhig liegt und seinen Blick standhaft erwidert. „Und was hast du mit ihm vor?"

„Das kläre ich dann mit ihm", meint Kevin. Er schaut kurz über die Schulter zu seiner Schwester, die immer noch im Eingang steht. Neben ihr ist der Infizierte wieder aufgetaucht. Sein Oberkörper schaukelt leicht vor und zurück, als hätte er Schwierigkeiten das Gleichgewicht zu halten. Mila folgt Kevins Blick und zieht scharf die Luft ein. „Larissa!" Sie sieht von dem Mädchen hinüber zu Kevin. „Wie ist das möglich? Wie kann sie noch leben?"

„Das tust du doch auch, nicht wahr?" Sein Ton klingt herausfordernd.

„Ja, aber ... Sie ist so ...", Mila ringt nach den richtigen Worten, „was *ist* sie?"

Ich antworte an Kevins Stelle: „Sie ist das, was du wärest, wenn du Dante nicht hättest. Jedenfalls nichts Menschliches."

„Halt die Schnauze!", blafft Kevin mich an. „Sie ist immer noch meine Schwester!"

Mila und ich tauschen einen schnellen Blick. Ihr ist ebenso klar wie mir, dass von Kevins Schwester nicht mehr viel übrig ist.

„Kevin", sagt Mila und ihre Stimme klingt dabei beeindruckend ruhig. „Wenn sie so ist, wie ich damals... Dann...", sie zögert, sucht nach den richtigen Worten. „Du ahnst nicht, wie sich das angefühlt hat. Diese Dunkelheit. In mir war nichts als Schwärze. Ich kannte weder Freund noch Feind. Ich war an einem Punkt angelangt, an dem ich über Leichen gegangen wäre, um Rache zu üben."

Genau wie Larissa, stelle ich fest.

„Deine Schwester kann zurzeit nicht klar denken. Alles, was sie will, ist Rache."

„Gut", knurrt Kevin, „denn ich will dasselbe."

Mila schüttelt den Kopf. „Aber nicht um jeden Preis. Kevin. Das bist nicht du." Sie sieht ihn flehend an, doch Kevins Kiefer ist weiter angespannt. Wut blitzt in seinen Augen auf. „Ich will jetzt mit ihm sprechen."

„Und dann? Willst du ihn dann raus locken und töten?"

Kevin schweigt. Vermutlich weiß er, dass Mila verhindern wird, dass Dante hervorkommt, wenn sie eine Gefahr für ihn wittert.

„Ich sagte doch schon: Ich will mit ihm reden."

„Kevin, wenn du ihn tötest, werde ich genauso wie deine Schwester. Dante ist das Einzige, das mich davon abhält, meine Menschlichkeit zu verlieren. So verrückt das auch klingen mag. Willst du, dass ich so werde, wie sie?"

Kevin schweigt eine Weile, dann stößt er sich von der Bank ab, geht hinüber zur Schuppenwand und kramt in seinem Werkzeug. Er kommt mit einem Schraubenzieher und einem Hammer zurück. Mit einem Ruck zieht er Milas Shirt hoch, sodass ihr Bauch blank liegt. Dann setzt er die Spitze des Schraubenziehers direkt über ihrem Bauchnabel an. „Lass mich jetzt mit ihm sprechen. Sofort."

Milas Augen werden groß und auch ich spanne mich augenblicklich an. Okay. Wir können nicht sterben, solange wir besetzt sind. Aber das heißt nicht, dass wir keine Schmerzen spüren.

„Kevin!", zische ich. „Lass den Scheiß!"

„Halt dich da raus!", brüllt er mich an. In seinen Augen steht der pure Wahnsinn. Er tippt mit dem Hammer leicht auf den Griff des Schraubenziehers, dann hebt er den Arm an und holt aus.

„Stopp!"

Der Hammer verharrt nur wenige Zentimeter über dem Griff des Schraubenziehers. Wir alle starren Mila an, die sich ganz auf Kevin konzentriert. Ihre Augen sind schwarz. Genau wie die von Larissa.

„Du wolltest mit mir sprechen", sagt sie in ruhigem Ton. Und obwohl es noch Milas Stimme ist, die wir hören, ist uns allen klar, dass nicht mehr sie es ist, die mit ihm spricht. Ihre Aussprache ist eine andere. Ruhiger. Überlegter.

Nun rührt sich auch Larissa. Sie kommt ein paar Schritte näher, den Blick starr auf Mila gerichtet.

Mila, nein, Dante dreht ihr das Gesicht zu, ein Ausdruck tiefen Bedauerns liegt darin.

„Larissa", begrüßt er sie. „Schade, dass wir uns auf diese Weise wiedertreffen."

Sie schweigt, tritt noch einen Schritt näher und im nächsten Moment stöhnt Dante gequält auf. Milas Körper windet sich unter Schmerzen.

„Was tut sie mit ihr?", rufe ich und versuche, aufzuspringen. Will Larissa Dante etwa jetzt schon töten? „Ich dachte, ihr wolltet mit ihm sprechen. Dann tut das jetzt auch!"

„Rissa", Kevin legt seiner Schwester eine Hand auf die Schulter. „Warte noch."

Milas Körper erschlafft wieder und sie atmet keuchend aus. Einen Augenblick sehe ich die Angst in ihrem Blick und weiß, dass sie wieder sie selbst ist. Dann blinzelt sie und Dante ist wieder zurück.

„Interessante Art, ein Gespräch zu führen", knurrt er.

Kevin schnaubt und schiebt seine Schwester ein Stück zurück. „Eigentlich hatte ich gar nicht vor, mich mit dir zu unterhalten." Dann greift er wieder nach der Zange.

KAPITEL 11
HÜLYA

„Kannst du nicht schlafen?", fragt Paddy mich, als ich nach etwa einer Stunde immer noch neben ihm am Lagerfeuer sitze.

Ich zögere kurz, weil es peinlich ist, ihm die Wahrheit zu sagen. Aber irgendetwas zwischen uns hat sich in den letzten Stunden verändert und uns einander näher gebracht, also springe ich über meinen Schatten.

„Es ist so einsam im Zelt. Ich habe ewig nicht mehr alleine geschlafen."

Ein kleines Schmunzeln huscht über Paddys Gesicht. Dann schaut er den Hang hinauf zu unserem Zaun. „Gut, dass ich die Zeit, in der du gefaulenzt hast, sinnvoll genutzt habe."

Ich folge seinem Blick und entdecke eine verworrene Konstruktion aus Seilen und Blechdosen, die knapp über dem Boden an unserem Zaun entlang gespannt wurde.

„Eine Alarmanlage", erklärt Paddy. „Die Infizierten sind dämlich genug, um hineinzulaufen. So werden wir rechtzeitig gewarnt."

Ich nicke anerkennend und Paddy stuppst mich mit dem Ellbogen an. „Also, wie sieht's aus? Du und ich? Im Zelt? Teilen wir uns einen Schlafsack?"

„Ganz sicher nicht!", rufe ich, muss aber über sein Grinsen lachen.

Nacheinander krabbeln wir ins Zelt und machen es uns so gemütlich wie möglich. Paddy zieht sich eine zweite Isomatte heran und legt sich rücklings darauf. Tatsächlich kommt mir mein Schlafsack jetzt viel gemütlicher vor. Und zu Paddys gleichmäßigem Atmen versinke ich langsam in einen leichten Dämmerschlaf.

Metallenes Scheppern reißt mich aus meinen Träumen. Sofort sitzen Paddy und ich aufrecht in unseren provisorischen Betten. Noch einmal scheppert es, ein Schnaufen ist zu hören und das Rascheln von Blättern. Dann rutscht etwas den Hang hinab. Draußen ist es immer noch dunkel, das Feuer vor unserem Zelteingang glimmt nur noch leicht durch die dünne Zeltwand.

Ich strampele mich so leise wie möglich aus meinem Schlafsack heraus und taste in der Dunkelheit nach meinem Messer. Paddy hat seine Waffe auch bereits gezogen und nickt mir entschlossen zu. Wir folgen den Geräuschen des Eindringlings mit den Augen. Er ist links von unserem Zelt. Oder sind es mehrere?

Ein Schatten huscht an der Plane vorbei, etwas knackt in unmittelbarer Nähe. Meine Finger zittern, als ich nach dem Reißverschluss greife und ihn so leise wie möglich hochziehe. Wenn dort draußen ein Infizierter herumlungert, darf er uns auf keinen Fall im Zelt erwischen. Wenn er darauf fällt, während wir noch drin sind, kommen wir niemals heil wieder heraus.

Wieder scheppert etwas und ich halte sofort inne. Paddy deutet nach rechts, wo er den Eindringling nun vermutet. Dann schiebt er mich beiseite und drängt vor mir aus dem Zelt. Macho.

Ich folge ihm auf leisen Sohlen und lasse meinen Blick über den kleinen Platz gleiten. Nichts zu sehen. Aber die anderen Zelte bieten auch gute Versteckmöglichkeiten. Paddy gibt mir Handzeichen und sieht dabei aus, wie auf der Jagd. Irgendwie ist er das ja auch. Ich nicke und umrunde das Zelt auf der rechten Seite, während er sich die linke vornimmt.

Das Messer zittert in meiner Hand. Nicht zu wissen, wer oder was sich in unserer direkten Nähe aufhält, ist schlimmer, als einem Infizierten von Angesicht zu Angesicht gegenüber zu stehen. Über das Zelt hinweg werfe ich Paddy noch einen Blick zu. Wir haben es beinahe umrundet. Was auch immer es ist, muss an der Rückseite auf uns lauern.

Meine Finger schließen sich fester um den Messergriff, ich atme tief ein und mache den letzten Schritt.

Ein Bluffen lässt mich zusammenzucken und im nächsten Moment springt mich etwas an. Erschrocken stolpere ich zurück, das Messer erhoben. Krallen kratzen über meine Oberarme und bohren sich durch meinen Pullover. Mit einem Ausfallschritt gewinne ich meinen Halt zurück und greife in das dichte, wuschelige Fell des Hundes, der mich angesprungen hat. Immer noch steht er auf seinen Hinterläufen und ist so fast genauso groß wie ich. Der faulige Atem, den er mir entgegenhechelt, lässt mir übel werden.

Über den Kopf des Hundes hinweg sehe ich Paddy an. „Tu doch was!"

Er steht einfach da, die Augenbrauen hochgezogen und kratzt sich mit dem Lauf der Waffe am Kopf. Dann richtet er ihn auf den cremefarbenen Hund.

„Sitz!"

„Prima Paddy!", rufe ich sarkastisch, während ich immer noch versuche, das sabbernde Ungetüm von mir wegzuschieben. „Entsichere die Pistole am besten noch. Vielleicht hört er dann auf dich."

Paddy stöhnt genervt, steckt die Pistole weg und kommt auf uns zu. Mit einem beherzten Griff packt er in das Fell des Streuners und zieht ihn von mir weg. Dem Hund scheint das zu gefallen, denn er blufft noch einmal und hüpft dann wie wild um Paddy herum, was bei seiner Größe ziemlich seltsam aussieht.

„Oh Gott", stöhnt Paddy. „Der Hein Blöd unter den Hunden hat uns gefunden." Dann zischt er den Hund an. „Kusch! Hau ab! Kusch!"

Doch das scheint das Fellbündel nur noch mehr anzuspornen. Wie wild dreht er sich im Kreis und fängt an, seinem eigenen Schwanz hinterher zu jagen.

„Okay, das reicht", murrt Paddy, zieht seine Pistole und entsichert den Lauf.

„Paddy!", rufe ich und stelle mich vor den aufgedrehten Hund. „Du kannst ihn doch nicht erschießen."

„Hast recht", stimmt er mir zu und deutet auf mein Messer. „Der Schuss wäre zu laut. Erledige du das."

Ich schüttele den Kopf. „Ganz sicher nicht."

Paddy deutet auf das Energiebündel hinter mir. „Wenn er hier weiter so wild herumtollt, wird er alle auf uns aufmerksam machen."

Da hat er nicht ganz unrecht. Dieser Hund ist das Letzte, was wir in unserer Nähe gebrauchen können. Er ist groß und laut und offensichtlich ziemlich dämlich.

„Vielleicht haut er ja ab, wenn wir ihn ignorieren", schlage ich vor, während der Hund mir immer wieder mit der Nase gegen den Po stupst.

Paddy wirft die Arme in die Luft. „Na schön. Im Ignorieren bin ich gut." Dann dreht er sich um und krabbelt zurück ins Zelt.

Etwa eine Stunde später wird mir klar, dass es dem Hund egal ist, ob wir ihn ignorieren oder nicht. Direkt neben der Zeltplane höre ich ihn winseln und scharren. Immer wieder kratzt er über den dünnen Stoff. Manchmal lässt er sich auch mit seinem ganzen Gewicht dagegen fallen und reißt so das halbe Zelt ein.

Und während ich mich immer wieder aufrappele, um ihn wegzuscheuchen und alles zu richten, zeigt Paddy, wie gut er ignorieren kann. Bald schon weiß ich nicht mehr, was mich mehr nervt: Der Hund oder Paddys Schnarchen.

Als die Sonne allmählich aufgeht, gebe ich auf, krabbele aus dem Zelt heraus und setze mich an die erkaltete Feuerstelle. Den Kopf auf die Hände gestützt, starre ich in die Asche, während der Hund sich so dicht neben mich setzt, dass ich jeden seiner angespannten Muskeln spüre.

Ich drehe mich nicht um, als hinter mir die Plane raschelt und Paddys Stimme erklingt: „Ah, Hein

Blöd ist ja noch da. Versuchst du immer noch, ihn zu ignorieren?"

„Nein", brumme ich, „jetzt versuche ich, *dich* zu ignorieren." Im nächsten Moment leckt mir der Hund mit seiner warmen, schlabbrigen Zunge über die Wange.

„Igitt!", rufe ich und gebe mir die größte Mühe, ihn von mir wegzuschieben. Das scheint ihn nur noch mehr anzuspornen, denn inzwischen hängt er halb auf mir und ich kippe rücklings auf den feuchten Waldboden. Wild wedelnd stürzt er sich auf mich und während ich quietschend um mich schlage, leckt er meine Mundwinkel aus.

Paddy gibt ein Würgegeräusch von sich. „Darf ich ihn jetzt erschießen?"

„Nein!", bringe ich mit viel Mühe hervor und schaffe es endlich, mich wieder aufzurappeln.

KAPITEL 12

RAIK

Der Schraubenzieher zittert in Kevins Hand. Ich weiß nicht, ob vor Angst oder Wut.

„Was willst du damit bezwecken?", fragt Dante ruhig.

Kevin starrt eine Weile in Milas tiefschwarze Augen. „Ich will, dass du ihren Körper verlässt."

„Das kann ich nicht tun", widerspricht ihm Dante.

„Dann ist es dir also egal, wenn ich sie verletze? So groß kann deine Liebe zu ihr also nicht sein. Ich hoffe, Mila hört das."

„Das tut sie."

Kevin schnaubt und nickt in meine Richtung. „Dass der Kakerlake, die sich in Raik festgesetzt hat, egal ist, was mit ihm geschieht, hatte ich mir bereits vorher gedacht. Aber bei dir hatte ich etwas anderes erwartet. Wobei … eigentlich bestätigt dass nur meinen Verdacht, dass ihr kein Herz besitzt."

Dante folgt Kevins Blick und zieht einen Mundwinkel hoch, als er mich näher betrachtet. „Raik ist nicht mehr besetzt."

71

Sowohl Kevin als auch ich schauen überrascht auf.

„Was?", frage ich mit krächzender Stimme.

„Deine Wunden wären schon längst verheilt, wenn es so wäre. Kannst du dich noch daran erinnern, als du Mila das Messer in den Bauch gerammt hast? Es hat kaum eine Minute gedauert, bis die Wunde wieder verheilt war. Deine momentanen Verletzungen mögen schmerzhaft sein, wären aber nicht der Rede wert, wenn Marek noch da wäre."

Mit offenem Mund starre ich zuerst Mila und dann meine Finger an, an denen zwei Nägel fehlen. Das Fleisch liegt offen, weich und rosa, nur von Blut bedeckt. Der Ringfinger ist seltsam gekrümmt.

Er hat recht. Der Nagel hätte längst nachwachsen müssen, die Knochen sollten schon wieder an ihrem Platz sitzen. Mein Herz macht einen Sprung und mir wird abwechselnd heiß und kalt. Er ist weg. Ich bin frei. Ein knappes „HA!", entkommt mir und als ich wieder aufschaue, sehe ich in Kevins geschocktes Gesicht.

„Ist das wahr?", fragt er. Plötzlich ist er noch blasser als zuvor. Es dauert eine Weile, bis ich seine Reaktion begreife. Offensichtlich wird ihm gerade bewusst, dass er in seinem Wahn tatsächlich nur einen Menschen gequält hat. Ohne Sinn und Verstand. Nun kann er sich nicht mehr mit seiner Mission herausreden.

Ich sehe zu Mila hinüber, deren Brust sich langsam hebt und senkt. Sie schließt die Augen und als sie sie wieder öffnet, weiß ich, dass Dante sich zurückgezogen hat und sie wieder da ist.

„Kevin", flüstert sie. Es dauert eine Weile, bis er sie ansehen kann. In seinen Augen stehen Tränen.

„Bitte. Mach mich los." Ihre Stimme klingt sanft und einfühlsam. „Lass uns einfach gehen. Du und deine Schwester, ihr seid doch in Sicherheit. Ihr könnt euch irgendwo ein kleines Häuschen suchen und dort gemeinsam leben. Das ist so viel mehr als man sich zurzeit wünschen könnte."

Kevin schweigt. Doch irgendwann löst sich sein Griff um Schraubenzieher und Hammer und beides fällt mit lautem Scheppern zu Boden. Seine Schultern sacken herab, als würde eine tonnenschwere Last auf ihnen liegen.

Ich atme erleichtert aus. Das war es. Wir haben es geschafft.

„Kevin", erklingt Larissas Stimme hinter ihm. „Was tust du da?" Ihr fehlt jegliche Emotion und doch jagt mir der Ton ihrer Stimme einen kalten Schauer über den Rücken.

„Ist schon okay, Ris", murmelt er, ohne sie anzusehen. „Lass uns gehen."

Schweigend starrt sie auf seinen Rücken. Ihre Lippen verengen sich zu einer schmalen Linie. Ein ungutes Gefühl macht sich in mir breit.

„Kevin, machst du uns jetzt los?" Meine Augen huschen immer wieder zu seiner Schwester hinüber, die in der Tür steht wie eine Statue. Eine unheilverkündende Stimmung geht von ihr aus.

Kevin atmet tief ein und sieht mich dann endlich wieder an. „Es tut mir so leid. Ich wusste nicht, dass…"

„Schon gut", unterbreche ich ihn und halte ihm meine gefesselten Hände entgegen. „Mach mich einfach los."

„Kevin." Larissas Stimme klingt düster und warnend. Doch er scheint sie nicht zu hören oder er

73

ignoriert sie absichtlich, denn er kommt auf mich zu und geht vor mir in die Hocke.

Während er sich an meinen Fesseln zu schaffen macht, kommt Bewegung in den buckligen Infizierten.

„Kevin", sagt Larissa noch einmal. Ihre schwarzen Augen sind auf den Rücken ihres Stiefbruders gerichtet. „Du hast es versprochen."

Seine Hände sinken kurz herab und ich sehe seinen Adamsapfel hüpfen, als er schluckt. „Ich weiß, Ris. Es tut mir leid." Er dreht sich halb zu ihr herum und deutet mit einer Hand auf mich. „Aber sieh' doch, was ich getan habe. Er war nicht besetzt, Rissa. Und ich habe ihn verletzt."

Aus den Augenwinkeln sehe ich, wie Mila versucht, sich aufzurichten. Doch ihre Fesseln sind zu eng und sie sinkt schnaufend wieder zurück.

„Du hast es versprochen", wiederholt Larissa monoton. Sie blinzelt kein einziges Mal, während sie ihn anstarrt. Bei dem Anblick beginnen sogar meine Augen vor Anstrengung zu tränen.

Kevin atmet tief durch, dann wendet er sich wieder meinen Fesseln zu.

„Es tut mir leid", murmelt er und ich weiß nicht, ob seine Entschuldigung an mich oder an seine Schwester gerichtet ist. Aus seiner Hosentasche zieht er ein Messer heraus.

Als ich vor ihm zurückzucke, lächelt er schwach. „Die Fesseln sind zu eng geknotet. Ich muss sie aufschneiden."

Doch bevor er das Messer ansetzen kann, ertönt hinter ihm ein tiefes Stöhnen und der Infizierten steht nach zwei schwankenden Schritten direkt hinter ihm. Ich kann Kevin nicht einmal mehr warnen, da hat der Untote ihn bereits an den Schultern gepackt und zurückgerissen.

„Was?", keucht Kevin, dann beginnt er zu schreien und um sich zu schlagen. Aber all seine Mühe bringt ihm nichts, denn seine Schreie gehen in einen gurgelnden Laut über, als der Infizierte seine Zähne in Kevins Kehle schlägt.

Ich höre Knorpel knacken, dann reißt der Untote ihm den Adamsapfel heraus. Kevins Blut spritzt bis auf meine Jeans und meine zerschundenen Hände.

„Du hast es versprochen", wiederholt Larissa, deren Augen fest auf den Todeskampf ihres Bruders gerichtet sind. „Du hast es versprochen."

Für ein paar Sekunden befinde ich mich in einer Art Schockstarre und beobachte, wie Kevins Füße über den Boden zucken. Dann fällt mein Blick auf das Messer, das er fallen gelassen hat. Es liegt nur wenige Zentimeter von mir entfernt. Aber als ich die Hände danach ausstrecken will, komme ich an die Grenzen meiner Fesseln. Sie sind zu kurz gebunden und der Haken in der Schuppenwand hält.

„Raik!", ruft Mila gedämpft und wirft mir einen flehenden Blick zu. Ihre Handgelenke bluten bereits, so sehr versucht sie, sich aus den Fesseln zu befreien.

Der Infizierte kniet nun neben Kevins leblosem Körper. Außer seinen Kau- und Schmatzgeräuschen ist nichts mehr zu hören. Mein Brustkorb hebt und senkt sich hektisch, als ich auf den gekrümmten Rücken starre. Larissa scheint ebenfalls ganz gebannt von diesem Anblick, denn sie würdigt uns keines Blickes.

Ich ändere meine Taktik und schiebe meinen Fuß vor. Zum Glück hat Kevin sich nicht mehr die Mühe gemacht, auch meine Füße zu fesseln. Das Adrenalin, das mir durch die Adern schießt, betäubt den Schmerz und so schaffe ich es, mein Bein auszustrecken und mit dem Fuß das Messer zu mir heran zu ziehen. Mit klopfendem Herzen strecke ich die Hände danach aus, als es dicht genug ist und hätte beinahe laut gelacht, als ich es endlich in die Finger bekomme. Zitternd drehe ich es mit der Klinge zu mir herum und versuche umständlich, das Seil zu durchtrennen. Aber die Klinge ist so stumpf, dass ich mehr reiße als schneide und mein rechtes Handgelenk protestiert bald schon.

„Das ist alles eure Schuld."

Larissas Stimme lässt mich zusammenzucken und vor Schreck lasse ich beinahe das Messer fallen.

„Alles eure Schuld!", wiederholt sie und macht einen Schritt auf mich zu. Meine Bewegungen werden immer hektischer, mehrmals steche ich mir die Messerspitze in den Handballen. Aber trotzdem komme ich viel zu langsam vorwärts. Nicht einmal die Hälfte des fast daumendicken Seiles ist bisher durchtrennt.

Ich versuche, Larissa zu ignorieren, die sich mir immer weiter nähert. Ich darf mich nicht ablenken lassen.

„Er hat es mir versprochen."

Ich starre auf Larissas Füße, die direkt vor mir Halt machen. Erst jetzt fällt mir auf, dass sie keine Schuhe trägt. Ihre Zehen sind schwarz vor Dreck.

Sieh' sie bloß nicht an, rede ich mir im Geist zu und säbele weiter an meinen Fesseln.

„Raik! Vorsicht!", schreit Mila plötzlich auf. Ich hebe den Blick und sehe gerade noch, wie der Infizierte auf mich zuwankt. Mit einem ächzenden Stöhnen lässt er sich nach vorne fallen. Aus einem Impuls heraus werfe ich mich zur Seite, doch die Fesseln lassen mir nicht viel Spielraum. Ein schmerzhafter Ruck geht durch meinen Oberkörper und ich zerre an den Seilen. Nur noch ein kleines Stuck!

Der Infizierte greift nach meiner Hose, den Mund weit aufgerissen. Ich verpasse ihm einen kräftigen Tritt gegen den Kiefer, der mit einem Knacken bricht.

„Hör auf, dich zu wehren", befiehlt Larissa mir in ruhigem Ton. „Sonst rufe ich die anderen."

In jeder anderen Situation hätte ich über ihren Spruch gelacht, und einen großer-Bruder-Witz gerissen. Aber ihr großer Bruder liegt zerfleischt auf dem Boden und für mich sieht es alles andere als rosig aus.

KAPITEL 13

HÜLYA

Der Hund macht so viel Krach wie eine Herde Elefanten. Ich hätte gedacht, ein Tier wäre in der Lage, sich unauffällig in der Natur zu bewegen. Aber wir sind ausgerechnet auf dieses eine besondere Exemplar gestoßen, das Spaß daran hat, durch Büsche zu springen, Vögel aufzuscheuchen und jeden zweiten Laubhaufen umzugraben.

Etwa alle halbe Stunde, zieht Paddy seine Pistole und droht damit, ihn abzuknallen. Ich habe aufgehört, ihn davon abzuhalten, weil er es offensichtlich nicht durchzieht. Paddy mag knallhart sein, was das Abschlachten von Infizierten angeht. Aber einen Hund zu töten, das ist dann doch nochmal eine ganz andere Sache.

Trotzdem mache auch ich mir Sorgen, wegen der Anwesenheit des Hundes. Er bellt alles an, was nicht bei drei auf den Bäumen ist. Sollten wir uns wieder in die Nähe eines Dorfes oder einer Stadt begeben, wird er sämtliche dort befindliche Infizierte auf uns aufmerksam machen.

Unauffällig drehe ich mich zu ihm um und beobachte, wie er unbeholfen über Äste und Sträucher springt. Dabei wirkt er so gut gelaunt, als wäre er auf

Droge. Die Zunge hängt ihm aus dem offenen Maul und seine Augen strahlen, als er meinen Blick bemerkt. Fröhlich wedelnd schließt er zu mir auf und hüpft um mich herum.

„Ksch!", mache ich und wedele mit den Händen. „Mach dich ab! Verschwinde!"

„Vergiss es", murrt Paddy. „Heini denkt, du willst mit ihm spielen."

„Heini?", frage ich mit hochgezogenen Augenbrauen und ziehe gerade noch rechtzeitig meine Hand weg, bevor der Hund in seinem Übermut danach schnappen kann. „Soll das jetzt sein Name sein, ja?"

„Er hat keinen Namen, weil wir nicht seine Besitzer sind. Aber wenn ich ihn taufen würde, dann auf den Namen Hein Blöd. Heini ist bloß die Abkürzung."

„Also, für mich klingt das so, als hättest du ihm sehr wohl schon einen Namen gegeben."

Paddy wirft mir über die Schulter einen bösen Blick zu und schnalzt dann mit der Zunge. „Sieh zu, dass du ihn loswirst. Wir haben nicht genug Essen für noch einen knurrenden Magen."

„Und wie soll ich das machen? Ich kann ihn ja schlecht irgendwo anbinden."

„Wieso nicht? Wir müssten doch noch ein Stück Seil im Rucksack haben."

Ich werfe Paddy im Gehen einen finsteren Blick zu, während ich gleichzeitig versuche, Heinis lange Schlabberzunge loszuwerden, mit der er mir ununterbrochen über die Hände lecken will. „Dann würde er verhungern und verdursten. So grausam bist nicht einmal du."

„Woher willst du das wissen?", erwidert Paddy und schiebt einen Ast zur Seite, der ihm im Weg ist.

„Weil ich dich inzwischen ganz gut kenne. Du bist nicht so fies, wie du immer tust."

Paddy lässt den Ast gerade in dem Moment los, in dem ich den Satz beendet habe und das Teil peitscht mir auf die Wange.

„Aua!", rufe ich empört und taste über die schmerzende Stelle. „Du Arsch!"

„Du kennst mich kein bisschen", meint Paddy und zieht einen Mundwinkel leicht hoch. „Erzähle mir irgendetwas über mich, das nicht total offensichtlich ist."

„Du magst Schokolade und Videospiele", antworte ich ohne zu zögern. Heini bleibt ein Stück hinter uns zurück, um dem bösen Ast, der mich an der Wange getroffen hat, den Gar auszumachen. Ich ertappe mich dabei, wie ich langsamer werde, um auf ihn zu warten.

„Zu offensichtlich", entgegnet Paddy. „Etwas anderes. Wie lautet mein Nachname?"

„Äh." Perplex bleibe ich stehen. „Keine Ahnung. Aber du weißt meinen auch nicht."

„Ali?", rät er ins Blaue und ich strecke ihm die Zunge heraus.

„Dann was anderes", plaudert er ungestört weiter, „was ist meine Lieblingsfarbe?"

„Ähm … grün?"

„Nääät!", imitiert Paddy einen Buzzer, „dunkelblau. Wann ist mein Geburtstag?"

„Das tut doch überhaupt nichts zur Sache!", motze ich. „Du kannst mir ja auch nichts über mich sagen."

„Kann ich sehr wohl", meint er und ich sehe ihn erstaunt an. „Echt jetzt?"

Er nickt. „Du bist das einzige Kind einer deutschen Mutter und eines türkischen Vaters. Du wurdest ziemlich locker erzogen, musstest kein Kopftuch tragen und warst in der Schule beliebt. Die Ferien hast du am liebsten mit deinen Freunden im Freibad verbracht und Vanilleeis geschleckt."

„Das Letzte war geraten", murre ich.

„Aber korrekt, oder?" Er sieht mich herausfordernd von der Seite an. „Jetzt du. Komm schon. Irgendetwas."

„Ähm…" Ich muss zugeben, dass er mich ziemlich aus der Bahn wirft. Wie kann es sein, dass ich nichts über ihn weiß? Ich weiß Dinge über Raik, über Mila und sogar über Kevin. Warum ist Paddy dann so ein unbeschriebenes Blatt für mich?

„Äh … Du bist Einzelkind …"

„Nääät", kontert Paddy und ich sehe ihn überrascht an.

„Nicht?"

„Ich habe Geschwister", verrät er. „Rate wie viele."

Ich beiße mir auf die Unterlippe und überlege. „Zwei?"

„Nääät."

„Eins?"

„Nääät."

„Drei?"

Paddy seufzt. „Ich glaube, ich habe keine Lust mehr auf das Spiel. Du bist so weit vom Ziel entfernt."

„Komm schon", dränge ich ihn. „Wie viele sind es?"

„Sieben."

„Sieben?", wiederhole ich geschockt. „Ehrlich?"

Er nickt. „Vier ältere und drei jüngere."

„Seltsam", murmele ich. „Ich hatte dich mir immer als Einzelkind vorgestellt."

Paddy zuckt mit den Schultern. „Im Grunde ist das ja auch richtig. Vermutlich lebt eh keiner von ihnen mehr."

Im Gehen schiele ich aus dem Augenwinkel zu ihm hinüber. Seine Miene ist genauso gelassen wie immer. Macht es ihm wirklich nichts aus, dass wahrscheinlich alle seine Geschwister tot sind?

Paddy scheint meine Gedanken lesen zu können, denn er sieht mich an und zieht die Schultern noch einmal hoch, diesmal wirkt die Geste fast entschuldigend. „Seit ich sechs Jahre alt war, habe ich sie nur noch alle paar Monate gesehen."

„Wieso das?"

„Da wurden wir in verschiedene Pflegefamilien aufgeteilt, weil unsere Eltern nicht in der Lage waren, sich um uns zu kümmern."

„Oh." Betroffen senke ich den Blick. „Das tut mir leid. Waren sie krank?"

„Nein. Nur ziemlich miese Menschen."

„Oh", wiederhole ich und komme mir dumm vor. „Tut mir leid."

„Muss es nicht. Meine Pflegeeltern waren echt cool und es hat mir gefallen, ihre ganze Aufmerksamkeit für mich zu haben."

Die Frage nach dem Verbleib seiner Pflegeeltern liegt mir auf der Zunge, doch ich schlucke sie runter, weil ich die lockere Stimmung zwischen uns nicht verderben will.

Hinter uns kommt Heini angepprescht und drängt sich mit der Kraft eines Rhinozerosses zwischen uns.

„Hattest du Haustiere?", frage ich und tätschele dabei Heinis Kopf. Irgendwie stinkt er nach Kacke.

„Ja, eine Schildkröte. Ich hab sie freigelassen, bevor ich das Haus verlassen habe."

Ich nicke. „Meinst du, sie überlebt alleine da draußen?"

„Bestimmt. Sie hat ja auch in meiner Obhut überlebt. Sie ist also Schlimmeres gewohnt."

Ich lache leise. „Du bist ein Idiot."

„Habe ich schon mal gehört", erwidert er und ein leichtes Lächeln spielt dabei um seine Lippen.

„Erzähl mir noch mehr von dir", bitte ich ihn, während wir uns weiter durch das Unterholz schlagen. „Ich möchte alle schmutzigen Details deines Lebens erfahren."

Paddy lacht kurz auf. „Im Ernst? Da gibt es gar nicht so viel zu erzählen. Ich saß die meiste Zeit des Tages in der Schule. Und in meiner Freizeit saß ich vor dem PC."

„Also kenne ich dich jetzt?", frage ich herausfordernd und ernte noch einmal ein kleines Lachen von ihm. „Das hättest du wohl gerne."

„Ich hab eine Idee", sage ich, ducke mich unter einem Ast hinweg und schließe zu ihm auf. „Wie wäre es, wenn wir uns jeden Tag, den wir miteinander verbringen, eine Kleinigkeit über uns verraten?"

Paddy klettert einen kleinen Hang hoch und sieht mich über die Schulter gewandt an. „Wenn es dich glücklich macht." Seine Stimme klingt gelangweilt, aber ich kenne ihn inzwischen gut genug, um das kleine Grübchen in seinem linken Mundwinkel richtig deuten zu können. Und ab sofort werde ich ihn jeden Tag ein kleines bisschen besser kennenlernen.

KAPITEL 14

RAIK

Ihre Worte ignorierend säbele ich weiter. Die Muskeln meiner Oberarme sind zum Zerreißen gespannt. Mit den Beinen sieht es nicht besser aus, denn damit versuche ich, den Infizierten auf Abstand zu halten. Inzwischen liege ich auf dem Rücken und er stemmt sich mit seinem gesamten Gewicht gegen meine Füße. Ein tiefer Riss zieht sich durch die linke Hälfte seines Gesichts. An der rechten Hälfte baumelt sein Unterkiefer. Der Blick in seinen Hals steht somit offen. Keine Hypnose dieser Welt kann mir diese Bilder jemals wieder aus dem Kopf löschen.

Larissa geht bedächtig zwei Schritte zurück, dann wendet sie sich von mir ab und sieht zu Mila hinüber. Fast augenblicklich beginnt Mila sich zu winden und zu schreien.

„Mila!", keuche ich unter Anstrengung, doch sie reagiert nicht auf mein Rufen.

„Was tust du mit ihr?", schreie ich Larissa an. Langsam macht sich ein Gefühl der Überforderung in mir breit. Ich kann mich nicht gleichzeitig auf den Infizierten, die Fesseln um meine Handgelenke und die schreiende Mila konzentrieren. Also versuche ich, ihr Leiden auszublenden und reiße das Messer durch die letzten Fäden des Seils. Endlich gleitet es an meinen Handgelenken hinab zu Boden und ich kann mich weit genug vorbeugen, um dem Infizierten, der geifernd über mir hängt das Messer in den Gaumen zu jagen. Mit einem Ächzen sackt er in sich zusammen und ich strampele mich unter ihm hervor. Dann springe ich auf Larissa zu und stoße sie grob beiseite. Das Japsen, das sie dabei von sich gibt, hört sich so menschlich und so verletzlich an, dass ich ins Stocken gerate. Aber nur für eine Sekunde, dann fällt mein Blick auf ihre schwarzen Augen und ich rufe mir in Erinnerung, dass das unschuldige Mädchen nur eine Fassade ist. Dahinter befindet sich nichts als Fäulnis und Dunkelheit. Bevor sie sich aufrappeln kann, stoße ich sie ganz zu Boden und richte das Messer auf sie.

„Rühr dich nicht vom Fleck!"

Langsam weiche ich vor ihr zurück und taste nach Milas Fesseln. Sie hat inzwischen aufgehört, zu schreien, schafft es aber kaum noch, die Augen aufzuhalten.

Ich wende den Blick nur ganz kurz von Larissa ab, um Milas Hände und Füße zu befreien. Dann hebe ich sie von der Bank und in meine Arme. Irgendwie schaffe ich es, das Messer wieder auf Larissa zu richten.

„Mila und ich werden jetzt gehen. Du wirst uns nicht folgen. Verstanden?"

Wie erwartet, reagiert sie nicht auf meine Worte. Sie starrt mich einfach nur stumm an. Keine Regung zeigt sich in ihrem Gesicht. Langsam rückwärtsgehend nähere ich mich dem Schuppeneingang. Inzwischen regnet es nicht mehr. Aber meine Schuhe versinken draußen beinahe im tiefen Morast. Die

Nacht ist so dunkel, dass ich kaum die Hand vor Augen sehe, jetzt wo der Schein der Taschenlampe mich nicht mehr erreicht. Ich weiß nicht, ob Larissa auf mich gehört hat und an Ort und Stelle verharrt.

Mit jedem Meter, den ich mich von der Hütte entferne, werden meine Schritte schneller, bis ich mich schließlich umdrehe und mit Mila in meinen Armen losrenne. Ich presse sie fest an mich, versuche, ihren Kopf zu stützen, den sie selbst kaum aufrecht halten kann. Aber ich weiß, dass es ihr bald besser gehen wird. Je weiter wir uns von Larissa entfernen, desto mehr Kraft wird Mila zurückgewinnen.

Also renne ich, so schnell mich meine Füße tragen können. Ich ignoriere die Schmerzen der Verletzungen, die Kevin mir zugefügt hat. Sie werden mich noch früh genug einholen.

Mit mehr Glück als Verstand haste ich durch den dichten Wald. Äste peitschen in mein Gesicht, kratzen mir die Haut an Armen und Beinen auf. Mehrmals stoße ich mit der Schulter gegen Baumstämme und stolpere weiter, Mila eng an meine Brust gepresst.

Und dann sind sie da. Infizierte. Ich spüre ihre Anwesenheit, bevor ich sie hören oder gar sehen kann. Das nächste Hindernis gegen das ich pralle, ist nicht mehr massiv. Ich reiße es mit mir zu Boden, verliere Mila und rolle über das nasse Laub, bis ich ein paar Meter weiter schwer atmend liegen bleibe.

Schnell richte ich mich wieder auf. Ein scharfer Schmerz jagt durch meine Brust. Ich atme tief ein und halte dann die Luft an. In der Dunkelheit der Nacht muss ich mich mehr auf meine Ohren, als auf meine Augen verlassen.

Aber das Blut rauscht so laut in meinen Ohren, dass ich kaum etwas anderes höre. Doch dann knackt es unmittelbar neben mir. Auf allen Vieren krabbele ich los und taste mit den flachen Händen den Waldboden ab. Das Messer. Ich habe es hier irgendwo verloren. Verdammt, warum ist es bloß so finster?

Statt des Messers treffen meine Finger auf eine warme, weiche Erhebung. Zuerst zucke ich zurück, dann höre ich Milas Stimme:

„Raik?"

„Scht!", warne ich sie und taste nach ihrer Hand. Ihre Finger schließen sich um meine und wir lauschen angespannt, was um uns herum geschieht.

Laub raschelt, Äste knacken. Sie kommen näher. Ich helfe Mila aufzustehen und schiebe einen Arm stützend unter ihre Achseln.

Schemenhaft erkenne ich Bewegungen um uns herum. Allmählich scheinen sich meine Augen an die Dunkelheit zu gewöhnen. Ich lotse Mila zwischen den Bäumen hindurch, obwohl ich selbst keine Ahnung habe, wohin wir gehen müssen. Kalte Hände greifen nach uns, doch ich schaffe es, sie abzuschütteln. Ihre verwesenden Körper stinken Meilen gegen den Wind.

Mila macht sich von mir los. Inzwischen scheint sie wieder Kraft geschöpft zu haben.

„Hier lang", flüstert sie und ich bin froh, dass sie nun wieder die Führung übernimmt.

Über den Wipfeln der Bäume reißen die dunklen Wolken auf. Ein fast voller Mond scheint auf uns hinunter und erleuchtet das volle Ausmaß der Katastrophe. Mindestens zwanzig Infizierte torkeln in

Sichtweite durch den Wald. Und nun haben sie uns ebenfalls entdeckt.

KAPITEL 15

HÜLYA

Wald. Bäume neben Bäumen, hinter Bäumen, verdecken Bäume, umwachsen Bäume.

Und ganz klein dazwischen: Paddy und ich. Und Hein Blöd.

So vieles hier kotzt mich gerade an. Rinde, Borken, Tannennadeln, Wurzeln, knackende Äste im Wind. Heini, der mir alle paar Minuten einen Knüppel zwischen die Beine wirft, damit ich mit ihm spiele.

Meine Füße schmerzen. Ich habe Hunger. Und das Gefühl, fernab jeglicher Zivilisation zu sein, war noch nie so stark wie jetzt.

„Ich wette, wir laufen im Kreis herum", murre ich und werfe den umstehenden Nadelbäumen vernichtende Blicke zu. Als könnte allein ein Augenaufschlag ausreichen, um sie mitsamt Wurzeln aus der Erde zu reißen. Wenn ich bloß weiter als zwanzig Meter schauen könnte. Aber die dicken Stämme nehmen mir jegliche Weitsicht.

„Nein", widerspricht Paddy. „Wir laufen nach Norden, schon seit heute Morgen."

„Woher willst du das wissen? Hier sieht alles gleich aus."

„Man merkt echt, dass du die letzten Jahre wohlbehütet in einem Schloss verbracht hast, Prinzessin." Seine Stimme trieft vor Überheblichkeit.

Ich muss mich schwer zusammenreißen, um ihm nicht einen Klaps auf den Hinterkopf zu verpassen. „Wohlbehütet würde ich das nicht gerade nennen. Und in einem Schloss zu leben ist nicht ganz so angenehm, wie du dir das vermutlich vorstellst."

„Ja, ja, Aschenputtel", entgegnet er und weicht überraschend geschickt meiner flachen Hand aus. „Also, pass auf. Die Sonne steht gerade an ihrem höchsten Punkt. Das ist also Süden. Und dort", er zeigt auf eine Stelle links von uns, „wird sie untergehen. Das ist Westen. Nach Adam Riese laufen wir also nach Norden."

Mein Schweigen scheint eine Genugtuung für ihn zu sein, denn er grinst mich breit an. „Ich bin nicht ganz so planlos wie du denkst."

Ich verdrehe trotzig die Augen. „Wer ist eigentlich dieser Adam Riese? Was hat der mit Logik zu tun?"

Paddy zuckt mit den Achseln. „Keine Ahnung. Irgendjemand, der gut in Mathe war, nehme ich an."

„Wäre cool, wenn wir das jetzt googeln könnten. Stell dir mal vor, du bist weltbekannt und eine einzige Apokalypse reicht aus, um alle Menschen vergessen zu lassen, wer du überhaupt warst."

„Ich glaub nicht, dass der Kerl noch lebt."

Ich seufze und bleibe zum gefühlt hundertsten Mal stehen, um meine Hose hochzuziehen. Ein Gürtel wäre nicht schlecht. Die Hose, die ich seit einigen Tagen trage, sitzt so locker auf meinen Hüften, dass sie bei jedem zweiten Schritt droht, hinunterzurutschen.

„Pause?", fragt Paddy und ich hebe eine Schulter.

„Ich weiß nicht. Am liebsten schon. Aber dann kommen wir ja nie an. Also, wo auch immer wir hin wollen. Und ich muss endlich aus diesem Wald raus. Es fühlt sich an, als würden die Bäume mich erschlagen."

Hein Blöd schnuppert in ein paar Metern Entfernung an einem Stamm und hebt anschließend ein Bein, um ihn zu markieren. Unwillkürlich frage ich mich, ob das bedeutet, dass hier noch mehr Hunde herumstreunen. Ich muss an die Hunde denken, die Raik und mich damals auf dem Firmengelände angegriffen haben. Nicht alle sind den Menschen so freundlich gesinnt wie Heini.

„Lass uns lieber weitergehen", entscheide ich.

Paddy nickt ergeben und folgt mir. Im Gehen zieht er eine Flasche Wasser aus seinem Rucksack hervor, nimmt einen Schluck davon und bietet sie mir dann an. Ohne zu zögern trinke ich ebenfalls etwas. Vermutlich werde ich in meinem ganzen Leben nie wieder etwas zu essen oder zu trinken ablehnen. Nun kann ich verstehen, warum manche Menschen nach Extremsituationen zu horten anfangen und zu Messies werden.

Freiwillig möchte ich jedenfalls kein Minimalist mehr sein. Was würde ich dafür geben, in diesem Moment nicht nur einen kleinen Schluck aus der Flasche zu nehmen, sondern sie in einem Zug zu leeren, ohne mir Gedanken machen zu müssen, wo wir das nächste Mal auf trinkbares Wasser stoßen. Und wie glücklich wäre ich, die nächste Nacht nicht auf dem feuchten Waldboden, sondern in einem warmen Bett verbringen zu können. Ich möchte wieder auf eine normale Toilette gehen und den

Abzug betätigen. Ich möchte mein Handy zücken und Google nach dem morgigen Wetter fragen. Und wenn es warm wird, möchte ich im T-Shirt im Garten liegen und mich sonnen. Und zwar mit geschlossen Augen, weil ich keine Angst vor menschenfressenden Irren haben muss.

Aber ich weiß ja nicht einmal, welchen Monat wir gerade haben. Und wie soll ich den Abzug der Toilette betätigen, wenn ich nicht einmal ein Dach über dem Kopf habe?

Seit langem denke ich das erste Mal wieder an unsere alte Wohnung. In der Zeit, bevor das alles anfing. Drei Zimmer, Küche, Bad. Nichts Besonderes, aber im Nachhinein gesehen das Paradies. Der Gedanke an mein Bett, an meinen süßen Schreibtisch und das Notebook, das ich gerade einmal zwei Monate vor Ausbruch der Apokalypse geschenkt bekommen habe, lässt mich noch einmal seufzen.

Und dann kommt mir ein ganz irrwitziger Gedanke. Abrupt bleibe ich stehen und mache große Augen.

Paddy dreht sich zu mir herum und hebt fragend eine Augenbraue. „Möchtest du mir etwas mitteilen?"

„Das Fenster", murmele ich und nun hebt sich auch seine zweite Augenbraue.

„Das Fenster in meinem Zimmer", versuche ich zu erklären, „ich hab vergessen, es zu schließen. Es war geöffnet. Zum Lüften. Wie jeden Morgen. Aber dann kam die Durchsage und wir mussten uns so schnell auf den Weg machen. Da habe ich es vergessen."

Paddys Blick ist nichtssagend. Stumm starrt er mich an, während ich mir mit einer Hand über das

Gesicht streiche. „Vermutlich hat es rein geregnet. Auf meinen Computer und meine Hausaufgaben. Ich hatte das Projekt für Geschichte gerade erst fertig. Ich…" Verwirrt starre ich auf meine zitternden Hände.

„Oookaaay", erwidert Paddy langgezogen, fasst nach meinem Ellbogen und zieht mich zum nächsten Baum. „Setz dich. Am besten mit dem Rücken an den Stamm."

„Was?" Ich sehe ihn irritiert an. Auf einmal wird mir ganz heiß und mein Kopf rauscht. „Wieso?"

„Weil du offensichtlich einen Nervenzusammenbruch hast." Unerbittlich drückt er mich runter und reicht mir noch einmal die Wasserflasche. Und ich nehme noch einen Schluck, obwohl ich meine Ration für heute schon verbraucht habe.

„Da kann jetzt jeder rein", murmele ich, „einfach so. Einfach rein. Und dann… und dann in unseren Sachen wühlen."

Warum habe ich da vorher nie drüber nachgedacht?

„Wahrscheinlich hat das sogar schon jemand getan", sagt Paddy und sorgt damit bei mir für Schnappatmung. Er hockt sich zu mir hinunter. „Überleg doch mal, in wie vielen fremden Wohnungen wir schon waren. Aber was soll's? Das ist jetzt sowieso alles wertlos. Niemand braucht mehr einen Fernseher, Schmuck oder deinen Computer."

Seine Worte dringen nur schwer durch das Rauschen in meinen Kopf. Ich spüre ein Zittern durch meinen Körper laufen. Was ist das jetzt für ein Mist?

„Mach die Augen zu und atme tief ein und aus", weist Paddy mich an. Er lehnt sich neben mir mit dem Rücken an den Stamm und atmet laut und gleichmäßig. Ich passe mich ihm an und allmählich beruhigt sich mein Kreislauf wieder.

„Verrückt", sage ich leise und starre auf meine Beine, die immer noch ein bisschen zittern. „So was ist mir noch nie passiert." Plötzlich kommen mir meine Sorgen von eben total albern vor.

Paddy lehnt den Kopf an die Rinde und schaut zu mir hinüber. Ich warte darauf, dass er etwas Fieses sagt. Irgendetwas, das mich noch lächerlicher dastehen lässt. Aber er schweigt. Stattdessen kommt Heini schwanzwedelnd auf mich zu, stellt sich breitbeinig über mich und schleckt mir fröhlich durch das Gesicht.

„Igitt, Heini! Lass das!" Lachend wehre ich ihn ab und ziehe den Kopf ein. Mit dem Handrücken wische ich mir seinen Sabber von der Wange, dann tue ich es Paddy gleich und lasse den Kopf gegen den Stamm hinter mir sinken. Heini lässt sich trotz seiner beachtlichen Größe auf meinem Schoß nieder und ich streichele sein wuscheliges Fell.

„Was meinst du, ist es schon April?", frage ich Paddy nach einer Weile.

„Mh", antwortet er, „könnte sein."

„Gut." Durch die Äste über uns schaue ich in den heute blauen Himmel. „Dann ist es nicht mehr lange hin bis zum Sommer."

Paddy nickt mit geschlossenen Augen. „Jap."

„Dann wird es leichter", fahre ich fort. „Dann finden wir wieder Beeren und Früchte."

„Mh", brummt er. Ich habe das Gefühl, dass er gleich einschläft und hebe schon die Hand, um ihn anzutuppsen, lasse es dann aber doch sein. Soll er ruhig ein wenig schlafen. Was soll's? Wir wissen ja sowieso nicht, wann wir wo ankommen. Da können wir uns ruhig mal eine längere Pause gönnen.

KAPITEL 16

RAIK

„Lauf! Lauf! Lauf!", brülle ich Mila an und stoße sie etwas zu grob vor mir her. Sie strauchelt, findet aber schnell zurück auf die Füße und weicht einem Infizierten nach dem anderen aus. Im Zickzack-Kurs springen wir zwischen den Angreifern herum und versuchen in Sekundenschnelle einen Ausweg zu finden. Es ist wie eines der Geschicklichkeitsspiele, die ich schon damals im Sportunterricht gehasst habe, nur, dass wir uns hier auf keinen Fall einen Fehler erlauben dürfen.

Die Infizierten kreisen uns immer enger ein. Sie sind nicht schnell und dumm wie Stroh, aber sie sind in der Überzahl. Immer mehr von ihnen treten hinter den Bäumen hervor und wanken unkoordiniert auf uns zu. Sie schleppen sich schwerfällig voran, verlieren dabei aber nie ihr Ziel, uns, aus den Augen.

Mehrmals rutschen wir auf dem nassen Boden aus, können uns nur retten, indem wir den Infizierten ebenfalls den Halt nehmen und uns dann schneller als sie es können wieder aufrichten. Aber mit jeder Sekunde, die wir länger brauchen, um diesem

Hexenkessel zu entkommen, rücken sie uns dichter auf die Pelle.

Das Messer ist längst verloren. Ich habe keine Hoffnung mehr, es noch einmal wiederzufinden und auch keine Zeit, mich nach etwas anderem umzusehen, das als Waffe geeignet sein könnte.

Einer der Untoten bekommt meine Jacke zu fassen und ich kann mich nur befreien, indem ich mich von dem Kleidungsstück trenne.

Mila duckt sich im selben Moment unter den Armen eines anderen durch, springt hinter ihm wieder hervor und sieht mich über die Schulter des Infizierten aus großen Augen an. Dann schiebt sich die nächste Wolke vor den Mond und alles versinkt erneut in Dunkelheit.

Weder Mila noch ich geben einen Laut von uns. Ich kann nur hoffen, dass sie dieselbe Richtung einschlägt wie ich und renne los.

KAPITEL 17

HÜLYA

Beim ersten Bellen bin ich wach. Erschrocken reiße ich die Augen auf und setze mich aufrecht hin. Wann bin ich eingeschlafen? Es muss doch immer einer von uns Wache halten. Paddy scheint auch gerade erst aufgewacht zu sein, denn er sieht sich genauso alarmiert um wie ich.

Heinis Bellen ertönt in einigen Metern Entfernung. Er ist so weit entfernt, dass ich ihn nicht sehen kann. Im ersten Moment will ich ihn rufen, besinne mich dann aber eines Besseren.

Still stehen Paddy und ich auf und klopfen uns beiläufig den Dreck von den Hosen. Immer wieder sehen wir in die Richtung, aus der Heinis Bellen erklingt.

„Meinst du, er hat wieder einen Busch gestellt? Oder eine umherfliegende Plastiktüte?"

Paddy denkt über die Möglichkeit nach und schüttelt schließlich leicht den Kopf. „Ich weiß es nicht. Wir sollten aber kein Risiko eingehen."

Er schaut kurz nach oben, um sich am Stand der Sonne zu orientieren. Wir scheinen länger geschlafen zu haben, als ich zunächst dachte. Die Sonne sinkt bereits wieder.

„Lass uns da lang gehen." Er deutet nach rechts, weg von Heinis Bellen.

„Und Hein Blöd?", frage ich.

„Wir können froh sein, wenn wir ihn los sind", murrt Paddy und schultert den Rucksack.

Mehrmals schaue ich mich noch nach Heini um, doch wir entfernen uns immer weiter von seinem Bellen. Ich werde ganz traurig bei dem Gedanken, dass er uns gleich verzweifelt suchen wird. Aber Paddy hat recht. Heini ist wohl mehr eine Gefahr als Hilfe für uns. Er ist einfach zu laut und trampelig. So lockt er nur die Infizierten an. Trotzdem ist mein Herz schwer, als ich ihn irgendwann kaum noch höre. Ich hatte mich bereits an den Gedanken gewöhnt, ihn als Begleiter zu haben. Er war so schön kuschelig und seine gute Laune war ansteckend.

„Wir sollten noch laufen bis die Sonne im Zenit steht, dann schauen wir uns nach einer Übernachtungsmöglichkeit um", meint Paddy. „Notfalls laufen wir in der Nacht weiter. Geschlafen haben wir ja jetzt schon."

Ich höre den leichten Vorwurf aus seiner Stimme heraus. Klar. Ich bin die Schuldige, weil ich nach ihm eingeschlafen bin. Das habe ich nun davon, dass ich so freundlich war, ihn nicht zu wecken.

„Tu jetzt bloß nicht so, als hätte ich dich gezwungen einzuschlafen", motze ich. „Du hättest genauso gut wach bleiben können."

Paddy schnaubt durch die Nase. „Du hättest mich wecken müssen. Und wenn schon nicht das, dann wenigstens nicht selbst einschlafen. Wir haben Glück, dass uns niemand im Schlaf überrascht hat."

„Ach ja? Reiß dich doch selbst das nächste Mal zusammen!", fahre ich ihn an. „Ich find's ziemlich scheiße, dass du mir jetzt die Schuld gibst."

„Tue ich doch gar nicht!", zischt Paddy und weicht meinem Blick aus. Ich weiß, wo sein Problem liegt. Eigentlich ärgert er sich über sich selbst, aber das würde er niemals sagen. Dann müsste er ja zugeben, dass er nicht perfekt ist. Dass auch ihm, dem Apokalypse-Profi, mal Fehler unterlaufen.

Ich öffne gerade den Mund, um ihm das an den Kopf zu knallen, da bleibt er stehen und hebt eine Hand. Wie vom Blitz getroffen halte ich in der Bewegung inne und suche mit den Augen die Umgebung ab.

Es dauert nicht lange, da entdecke ich den Grund für seine Alarmbereitschaft. Ein einzelner Infizierter. Ein kleiner Junge. Vielleicht fünf Jahre alt. Sein Anblick ist ungemein verstörend. Die Haut aschfahl, der Kopf fast haarlos. Seine Kleidung, ein blaues T-Shirt mit Feuerwehraufdruck und eine kurze Cargohose, sind schmutzig und zerfetzt. Das linke Bein zieht er schwerfällig nach.

Ich atme tief ein. Man bekommt selten untote Kinder zu sehen, da die wenigsten nach einem Biss noch entkommen können. Es bleibt normalerweise nichts von ihnen übrig, wenn es sie einmal erwischt hat. Deshalb schmerzt es umso mehr, das Kind zu sehen.

„Mach du das bitte", sage ich leise zu Paddy und reiche ihm mein Messer. Er nickt, tritt auf den Jungen zu und ich wende mich ab, während er ihn erledigt. Ich höre den kleinen Körper zu Boden fallen und schlucke den Kloß in meinem Hals hinunter.

105

Jetzt habe ich schon so viele grausame Dinge gesehen, aber das hier macht mich echt fertig.

„Das war's", sagt Paddy tonlos. Ich gehe in einem großen Bogen um die Leiche herum und schaue demonstrativ von ihr weg. Gegen meinen Willen drängt sich mir der Gedanke auf, dass Paddy gerade ein Kind getötet hat. Ich schüttele den Kopf, um diesen Gedanken loszuwerden. Das Kind war schon lange tot. Ich muss das anders sehen. Er hat ihm endlich Erlösung geschenkt.

Trotzdem werfe ich Paddy im Gehen immer wieder verstohlene Blicke zu. Ich kenne ihn inzwischen gut genug, um zu wissen, dass der Vorfall gerade nicht spurlos an ihm vorbeigegangen ist.

„Alles in Ordnung?", frage ich.

„Ja, wieso nicht?"

Ich zucke mit den Schultern. „Ich meine ja nur so. Das war bestimmt nicht leicht."

Paddys Blick bleibt weiter starr geradeaus gerichtet. „War nichts anderes, als bei einem Erwachsenen auch."

Ich seufze leise. „Hörst du eigentlich auch irgendwann mal auf, mir etwas vormachen zu wollen?"

Als er sich zu mir herumdreht, bohrt sich sein Blick in meinen. „Was willst du? Was soll ich denn sagen? Dass es kacke ist, einen Jungen abzustechen, der im selben Alter ist wie einer meiner Brüder? Soll ich dir mein Herz ausschütten? Würde es dir dann besser gehen? Ich glaube eher nicht. Denn wenn du mit diesen Gefühlen klar kommen würdest, hättest du die Sache ja auch selbst übernehmen können, nicht wahr?"

„Okay", murmele ich halblaut und senke den Blick, um ihm nicht in die Augen sehen zu müssen. „Ist ja schon gut."

„Ja", erwidert er grimmig und marschiert weiter. „Schon gut."

Die letzten Sonnenstrahlen des Tages blitzen zwischen den Stämmen hervor und blenden uns immer mal wieder. Die Stimmung ist gedrückt. Seit dem kleinen Infizierten haben wir kein Wort mehr miteinander gewechselt und einen geeigneten Schlafplatz haben wir auch nicht gefunden. Es sieht so aus, als müssten wir mal wieder unter freiem Himmel schlafen. Hunger und Durst tun ihr Übriges.

Ich weiß nicht, ob ich erleichtert oder frustriert sein soll, als Paddy an irgendeiner x-beliebigen Stelle stehen bleibt und den Rucksack abwirft.

„Wir sollten eine kleine Pause machen", meint er und lässt sich neben dem Gepäckstück zu Boden sinken.

Ich atme laut aus und streiche mir die Haare aus dem Gesicht. Dabei fällt mein Blick auf meine Hände. Sie starren nur so vor Dreck und meine Nägel sind kaum noch als solche zu erkennen. Es ist eine Weile her, dass wir das letzte Mal einen Bach oder eine andere Wasserquelle gesehen haben. Ich stinke und es juckt mich an den blödesten Stellen. Ich will gar nicht daran denken, wie lange ich meine Unterwäsche nicht mehr gewechselt habe.

„Was ist?", fragt Paddy und schaut abwartend zu mir herauf.

Ich war nie weinerlich. Im Gegenteil. Ich konnte Mädchen nicht leiden, die wegen jeder Kleinigkeit in Tränen ausbrechen oder herumjammern. Aber jetzt spüre ich, wie meine Unterlippe zittert und mein Blick verschleiert.

Schnell wende ich mich von Paddy ab und tue so, als würde ich mich umschauen.

„Nichts. Ich suche uns nur mal schnell ein bisschen Feuerholz. Könnte sonst kalt werden heute Nacht."

Er scheint meinen Bluff zu schlucken. „Alles klar. Geh aber nicht zu weit weg."

Ich erwidere nichts mehr, verschwinde hinter dem nächsten Baum und wische mir mit dem Handrücken über die Augen. Eine Tränenspur verschmiert den Dreck auf meiner Haut. Bei dem Versuch, die Tränenflut zurückzuhalten, verstopft meine Nase und ich muss ein paar Mal verräterisch schniefen.

Das hier ist der Tiefpunkt. Schlechter ist es mir nie ergangen. Egal, wie scheiße es lief, ich hatte immer noch ein winziges Fünkchen Hoffnung. Aber jetzt? Was habe ich jetzt noch? Die Kleidung, die ich trage, ein Messer und Paddy. Wir haben nicht mal ein Dach über dem Kopf. Oder Wasser, um uns zu waschen. Das Trinkwasser geht uns auch spätestens morgen aus und ich weiß nicht, ob wir überhaupt noch etwas zu essen haben.

Nein, schlimmer kann es nicht mehr werden.

Sofort schlage ich mir die Hände vor den Mund, obwohl ich die letzten Worte nicht einmal laut ausgesprochen habe. Wenn es einen Satz gibt, den man niemals denken sollte, dann diesen. Denn, wenn ich in den letzten Jahren etwas gelernt habe, dann, dass es immer, wirklich immer, schlechter werden kann.

Als ein Knacken links von mir ertönt, schreie ich beinahe laut auf. Doch es ist nur Paddy, der hinter dem Baum hervortritt, ein paar große Äste in den Armen, und mich forschend betrachtet.

Ich schließe ganz kurz die Augen und atme tief durch, dann deute ich auf die Äste in seinen Armen.

„Die sind zu groß. Zum Anzünden brauchen wir kleinere und dünnere."

„Ich weiß", erwidert er. „Aber ich dachte, wir basteln uns ein provisorisches Dach. Ist vielleicht schöner, als unter freiem Himmel zu schlafen."

Ich sehe ihm nach, als er mit den Ästen an mir vorbeigeht und anfängt, sie in die Erde zu rammen. Und irgendwie schafft er es, mich wieder freier atmen zu lassen.

Ja, vielleicht habe ich nichts mehr. Aber wenigstens bin ich nicht alleine.

KAPITEL 18

RAIK

Als ich mir sicher bin, dass ich sämtliche Infizierte abgehängt habe, bleibe ich stehen und schaue mich suchend um. Mila ist weg. Ich habe sie doch verloren.

Erschöpft lasse ich mich mit dem Rücken gegen einen Baumstamm sinken. Meine Muskeln zucken und mit jeder Sekunde, die vergeht, kehren die Schmerzen stärker zurück. Das Adrenalin, das den Schmerz bisher verdrängt hat, lässt nach.

Mir wird übel, so weh tut es. Ich wage es, für einen Moment die Augen zu schließen und tief durchzuatmen. Meine Wunden werde ich erst im Tageslicht begutachten können. Bis dahin muss ich mir ein sicheres Versteck suchen.

Ich sammele noch einmal alle Kraftreserven, drücke mich wieder hoch und taumele weiter. Wo ist Mila? Hat sie es vielleicht gar nicht geschafft?

Ich wünschte, ich könnte einfach nach ihr rufen. Aber die Angst, die Infizierten erneut auf mich aufmerksam zu machen, ist zu groß. Also stolpere ich weiter orientierungslos durch den Wald, bis meine nackten Füße auf etwas Hartes treffen. Asphalt. Im schwachen Licht der Nacht erkenne ich eine asphaltierte Straße. Erleichterung macht sich in mir breit. Wenn hier eine Straße ist, werde ich vielleicht auch bald auf ein unbewohntes Haus stoßen. Oder wenigstens einen Schuppen oder eine Garage. Irgendetwas, wo ich mich für die Nacht verstecken kann.

Aber der Weg scheint weit und ich spüre meine Kraft jetzt schon schwinden. Das linke Bein ziehe ich nach. Ich erinnere mich nur schwach daran, wie Kevin einen Nagel in meinen Oberschenkel geschlagen hat. Das war die Zeit der Nacht in der ich immer wieder ohnmächtig wurde. Und jetzt weiß ich auch wieder, warum ich keine Schuhe mehr trage. Meine Sohlen fühlen sich nicht nur an, als wären sie mit Brandblasen überdeckt, sie sind es auch.

Trotzdem laufe ich weiter. Ich beiße mir dabei die Lippen blutig, aber ich laufe und laufe und laufe. Was bleibt mir auch anderes übrig?

Ich kann nur hoffen, dass Mila diese Straße ebenfalls findet und sich für dieselbe Richtung entscheidet wie ich.

In einigen Metern Entfernung erkenne ich eine Gestalt. Wie ein Schatten, der zwischen den Bäumen auftaucht. Eine Sekunde habe ich die Hoffnung, dass es Mila ist, dann sehe ich, dass der Gestalt ein Arm fehlt, sie sich davon aber offensichtlich nicht beeindrucken lässt. Sie bleibt in der Mitte der Straße stehen. Durch die Dunkelheit kann ich nicht erkennen, ob sie mich ebenfalls bemerkt hat.

Innerhalb kürzester Zeit muss ich abwägen, was das Klügste ist. Stehen bleiben und hoffen, dass der Infizierte genauso schlecht sieht wie ich oder so schnell wie möglich von der Straße runter und im Unterholz verstecken.

Ich entscheide mich für das Unterholz und sprinte los. Tannennadeln, Steine und Äste bohren sich in meine sowieso schon geschundenen Fußsohlen. Ich muss die Lippen aufeinanderpressen, um nicht laut aufzuschreien. Strauchelnd kämpfe ich mich durch das dichte Gestrüpp, bis ich irgendwann den Halt verliere und der Länge nach auf dem Bauch lande. Ich bleibe an Ort und Stelle liegen und versuche, so leise wie möglich zu atmen. Was mir schwer fällt, weil meine Lungen nach Sauerstoff lechzen.

Mein ganzer Körper protestiert, als ich die Luft anhalte, um besser lauschen zu können. Jedes noch so kleine Geräusch löst einen Fluchtreflex in mir aus. Aber ich zwinge mich, liegen zu bleiben und logisch zu denken. Wenn der Infizierte mich bemerkt hat und mir folgt, tut er das ganz sicher nicht leise. Ich würde ihn schon längst hören können, wenn er ebenfalls das Gestrüpp durchwandern würde.

Ja, alles ist gut.

Trotzdem bleibe ich noch eine ganze Weile auf dem Bauch liegen und warte ab. Vielleicht auch, weil ich Angst vor den Schmerzen habe, die mich erwarten, wenn ich wieder aufstehe.

KAPITEL 19
HÜLYA

Die Nacht ist zum Glück lau und trocken. Unser Dach aus Ästen und Moos dient nämlich wohl eher zur Zierde als zum wirklichen Schutz. Der kleinste Wind könnte es wegpusten. Trotzdem bin ich froh, dass wir es haben. Es täuscht mir ein Stück Sicherheit vor.

Weil ich die zweite Schicht übernommen habe, komme ich in den Genuss des ersten Vogelgezwitschers, noch bevor die Sonne aufgegangen ist.

Ich wünschte, ich wäre auch ein Vogel. Denen ist egal, was mit uns Menschen passiert. Vermutlich freuen sie sich sogar, dass wir uns nun gegenseitig auffressen und die Natur endlich in Ruhe lassen.

Auf dem Bauch liegend beobachte ich einen kleinen Käfer, der über die braunen Blätter und Tannennadeln vor mir krabbelt und an meiner Hand Halt macht. Er scheint abzuwägen, ob er dieses fremde Terrain betreten soll. Ich zucke ganz leicht mit dem kleinen Finger und er überschlägt sich fast vor Schreck. Vorsichtig halte ich ihm den Zeigefinger hin und beobachte fasziniert, wie seine kleinen Beinchen mit dem Aufstieg auf meine Hand beginnen. Ich frage mich, ob er unglaublich mutig oder einfach nur blöd ist.

Das Laub neben mir raschelt, als Paddy langsam aufwacht. Stöhnend reibt er sich die Augen, bevor er sich aufsetzt. Ein paar Blätter hängen in seinen strubbeligen, karottenfarbigen Haaren.

Als er den Käfer auf meiner Hand entdeckt, stößt er leise die Luft aus. „Schon wieder ein Haustier?"

Ich halte ihm die Hand mit dem kleinen Käfer entgegen. „Ich hatte überlegt, ihn Bruno zu taufen. Wie findest du das?"

Er geht gar nicht erst auf meinen Vorschlag ein, sondern kämmt sich nur mit beiden Händen durch die Haare, um die Überbleibsel des Waldbodens daraus zu entfernen.

„Wir sind gestern von unserer Route abgekommen", bemerkt er nebenbei.

„Ja?", frage ich und entlasse Bruno wieder in die Freiheit. „Ich wusste nicht, dass wir überhaupt eine Route haben."

„Wenn du mal…", beginnt Paddy und ich bin mir sicher, dass er wieder etwas Fieses sagen wollte. Aber er stoppt mitten im Satz und ich schaue mich alarmiert um.

Da! Zweige wackeln. Ein Schatten huscht im Grau des ersten Tageslichts zwischen den Bäumen hindurch.

Innerhalb einer Sekunde sind Paddy und ich auf den Beinen. Ich zücke mein Messer und Paddy zieht kurzerhand einen der Äste aus unserem provisorischen Dach, das gleich darauf zusammenstürzt.

Dann entdecke ich eine dicke, schwarze Nase und hellbraunes Fell.

116

„Heini!", rufe ich erfreut, lasse das Messer fallen und gehe in die Hocke, um den Streuner zu begrüßen. Wild wedelnd springt er mir entgegen und wirft mich rücklings zu Boden, um anschließend mein Gesicht abzuschlabbern.

Obwohl ich Heini erst seit gestern kenne, bin ich unglaublich glücklich, ihn nun wieder zu haben und strubbele ihm durch sein langes Fell.

Paddy lässt stöhnend den Ast sinken. „Oh nein. Wir waren ihn doch gerade erst…"

Klick.

Dieses einzige, sehr leise Geräusch reicht aus, um sowohl Paddy als auch mich in der Bewegung einfrieren zu lassen. Nur Heini springt weiter fröhlich um mich herum.

Das war kein brechender Ast, kein rollender Stein. Das war kein natürliches Geräusch. Das war…

Ich schaue auf und starre direkt in den Lauf eines entsicherten Gewehres.

Weder Paddy noch ich wagen es, uns zu bewegen. Ich wehre mich nicht einmal gegen Heinis Zunge, mit der er ungestört mein Ohr ausschleckt.

Ganz langsam löse ich meinen Blick von dem schwarzen Loch aus dem jeden Moment eine todbringende Kugel kommen könnte und richte ihn auf die Person dahinter.

Ein Mann, etwa um die fünfzig Jahre alt, mit grünem Jägerhut und eng zusammengekniffenen Augen richtet die Waffe auf uns. Sein Daumen liegt ruhig über dem Abzug. Kein Zeichen von Angst oder Aufregung zu sehen.

„Runter von meinem Grundstück", brummt er.

Wir starren ihn nur an. Selbst Paddy fällt gerade kein blöder Spruch ein. Ich bin mir auch nicht sicher, ob der Kerl für Witze zu haben ist.

„Hört ihr schlecht?", wiederholt er etwas lauter. „Ihr sollt euch von meinem Grundstück verpissen."

Als Paddy einen Schritt macht, ich weiß nicht genau, ob zur Flucht oder zum Angriff, zuckt der Gewehrlauf in seine Richtung. Sofort steht Paddy wieder still und hebt abwehrend die Hände.

„Wow, Alter! Chill mal!"

Ein Seufzen erklingt, das ganz eindeutig nicht von dem Mann vor uns stammt und aus dem Augenwinkel sehe ich, dass eine weitere Person herantritt. Ein blondes Mädchen, etwa in unserem Alter.

„Im Ernst? Die Menschheit stirbt aus und trotzdem leben immer noch Typen, die die Worte ‚Alter' und ‚chill mal' in einem einzigen Satz verwenden? Das ist nicht fair."

Sie tritt nun in mein Blickfeld, direkt neben den finster schauenden Mann und streicht sich mit einer Hand die schulterlangen, blonden Haare hinter die Ohren. Trotz unserer verfahrenen Situationen und obwohl ich mir ganz andere Fragen stellen sollte, spüre ich Neid in mir hochkochen. Wie kann es sein, dass ihre Haare so fluffig sind? Und ihre Wange nur ein paar kleine Sommersprossen aufweisen, aber keinen einzigen Dreckspritzer? Warum sitzt ihre Jeans wie angegossen und hat bis auf einen Flicken am Knie keine Löcher? DAS ist nicht fair.

Und als sie dann auch noch lächelt und uns eine Reihe perfekter, strahlend weißer Zähne präsentiert, kann ich nicht verhindern, dass sich meine Augenbrauen missgünstig zusammenziehen.

Sie richtet ihre blauen Augen auf mich. „Wer seid ihr?"

„Hedi!", zischt der Mann und weist sie mit einem einzigen strengen Blick an, wieder zurückzutreten. „Du solltest doch im Haus bleiben."

„Ist das euer Hund?", fragt sie und deutet auf Heini, der treudoof neben mir sitzt und vor sich hin sabbert. Sie scheint den Typen mit dem Gewehr nicht ganz ernst zu nehmen, denn nun hockt sie sich auch noch hin und klatscht mit den Händen auf ihre Oberschenkel. „Ja, komm mal her, mein Süßer. Komm."

Heini, der Blödmann, verliebt sich natürlich sofort in sie und rollt sich sogar auf den Rücken, um sich von ihr den Bauch kraulen zu lassen.

„Er heißt Hein Blöd", erklärt Paddy, der nun offensichtlich auch wahnsinnig geworden ist und sich wahrscheinlich am liebsten ebenfalls den Bauch von ihr kraulen lassen würde.

Skurrilerweise fühle ich mich gerade irgendwie mit dem Kerl, der immer noch das Gewehr auf uns richtet, verbunden. Ich schaue wieder zu ihm auf und sehe, wie er unwillig die Stirn runzelt.

„Hedi!", zischt er noch einmal. „Willst du mich lächerlich machen? Steh auf und komm hinter mich."

Hedi sieht mich an, verdreht die Augen und zwinkert mir dann zu, bevor sie aufsteht und sich den Dreck von der Hose klopft. Nachdem sie sich wieder hinter den Kerl gestellt hat, wiederholt er seine Drohung: „Also, macht euch jetzt vom Acker. Das hier ist unser Grundstück."

Paddy scheint inzwischen wieder zu sich gefunden zu haben, denn er sieht sich übertrieben um und zieht die Schultern hoch. „Ich habe keinen Zaun gesehen, der darauf hinweist."

„Wir sind noch dabei ihn zu errichten", erklärt Hedi freundlich und nickt uns lächelnd zu.

„Verstehe", erwidert Paddy. „Also, mit ‚wir' meinst du dich und deinen …", er macht eine drehende Handbewegung in Richtung des bewaffneten Mannes.

„Oh, mein Vater", vervollständigt Hedi.

Ich knuffe Paddy mit dem Ellbogen ins Bein. Wen interessiert das? Will er hier etwas anfangen zu flirten?

„Also, du und dein Vater, ihr wohnt hier? In einem Haus?"

„Ja, wir wohnen gleich dort…", will sie sagen und streckt bereits die Hand aus, als ihr Vater sie unwirsch zurückhält.

„Hedi, es reicht!" Dann wendet er sich wieder an uns. „Verschwindet! Sofort!"

Ich greife nach Paddys Hand, um mich von ihm hochziehen zu lassen und klopfe dann gegen meinen Oberschenkel, um Heini heranzulocken, der sich wohlig an Hedi reibt.

„Komm, Heini. Wir gehen." Nervös blicke ich immer wieder in den Gewehrlauf, während ich versuche, Heini anzulocken. Doch der Hund scheint sich überhaupt nicht mehr für mich zu interessieren. Er denkt gar nicht daran, wieder mit uns mitzukommen. Offensichtlich hat er einen besseren Platz gefunden. Klar, wenn ich die Wahl hätte, würde ich mich auf für die wohlgenährten und gutduftenden Menschen entscheiden.

„Jetzt lass ihn doch", meint Paddy und zieht mich an meiner Jacke zurück. „Sei froh, wenn er uns jetzt endlich in Ruhe lässt."

„Aber…" Sehnsuchtsvoll sehe ich Heini an. „Nun, komm schon. Hein Blöd, hier! Bei Fuß!"

Demonstrativ lässt er sich auf sein Hinterteil plumpsen. Hedi zieht entschuldigend die Schultern hoch.

Enttäuscht gebe ich auf und folge Paddy, der bereits den Rucksack geschultert hat und sich überraschend locker auf den Weg macht. Er tut gerade so, als wäre die Begegnung gerade etwas Alltägliches gewesen. Aber wir wissen beide, dass es nicht mehr allzu oft vorkommt, dass man andere gesunde Menschen trifft. Und dann noch mitten in der Wildnis.

Ich kann mir sein Verhalten nicht ganz erklären. Erst, als wir sicher außer Schuss- und Hörweite sind, dreht er sich zu mir herum und grinst. „Volltreffer."

„Was meinst du?" Ich sehe ihn fragend an.

„Na, hast du nicht zugehört? Die beiden wohnen hier ganz in der Nähe. Vermutlich sogar in einem richtigen Haus. Und so wie es scheint, haben sie fließendes Wasser und genug zu Essen."

„Ja, und eine Schusswaffe."

„Die haben wir auch", entgegnet Paddy und klopft auf die Pistole, die gut versteckt unter seiner Jacke hängt.

Ich bleibe stehen und stemme die Fäuste in die Hüften. „Was willst du damit sagen? Willst du die beiden abknallen und dich dann bei ihnen einnisten?"

Paddy verdreht die Augen. „Wir müssen sie ja nicht direkt abknallen. Wir grenzen jetzt das Gebiet ein, in dem ihr Haus stehen könnte und kommen

121

dann in der Nacht wieder. Ich wette, die beiden haben einen guten Schlaf. Hast du ihre Augen gesehen? Kein einziger Ring drunter zu sehen."

„Ja, und porentief reine Haut", merke ich gereizt an. „Paddy, ich hab wirklich keine Lust, bei ihnen einzubrechen. So seltsam diese Begegnung eben auch war, ich habe keine Zweifel daran, dass der Typ weiß, wie man schießt."

„Same here", erwidert Paddy grinsend. „Wir müssen nur schneller sein."

KAPITEL 20

RAIK

Als endlich der Morgen anbricht, ist das für mich eine kleine Erlösung. Obwohl die Schmerzen auch mit der aufgehenden Sonne nicht weniger werden. Aber irgendwie fühle ich mich nun sicherer. Und ich kann besser nach Mila Ausschau halten.

Ich bin immer noch auf der Landstraße unterwegs. Bisher bin ich keinem weiteren Infizierten mehr begegnet. Was mein Glück ist, denn ich bin nicht nur unbewaffnet, sondern auch kaum in der Lage, mich gegen irgendjemanden zur Wehr zu setzen. Ein Dreijähriger könnte mich verprügeln.

Als die Sonne hoch am Himmel steht, mache ich am Straßenrand Halt und setze mich hin. Wahrscheinlich werde ich das bald bereuen, denn das Aufstehen ist erfahrungsgemäß am Schlimmsten.

Aber jetzt komme ich endlich mal dazu, meine Wunden zu begutachten. Als erstes fällt mein Blick auf die beiden verletzten Finger meiner linken Hand. Am kleinen Finger fehlt der Nagel vollständig, der Ringfinger steht in einem seltsamen Winkel ab und ist dick angeschwollen.

Mit zitternden Händen ziehe ich meine Füße zu mir heran und betrachte sie mit verzerrtem Gesicht.

Meine Sohlen sind mit Blasen überdeckt. Die meisten davon sind bereits geplatzt und nässen. Dreck hat sich in die offenen Wunden gerieben und ich bin mir ziemlich sicher, dass sie spätestens morgen entzündet sein werden.

Auch mein Oberschenkel, in dem der Nagel steckte, pocht unheilverkündend.

Hinzu kommt, dass ich nichts zu trinken dabei habe und mein Mund bereits staubtrocken ist. Hier und da habe ich Löwenzahn ausgerupft und gegessen. Aber die Flüssigkeit, die darin steckte, ist lange nicht ausreichend, um mich auf Dauer am Leben zu erhalten.

Mit Sehnsucht denke ich an die Tage in Köln zurück. Die Tage, die wir im Haus verbracht haben. Geschützt vor Regen und Kälte und eingedeckt mit Vorräten für die nächsten Wochen. Die sind jetzt alle im Auto. Ich kann nur hoffen, dass Hülya, Chris und Paddy heil aus der Sache herausgekommen sind und nun mit dem Auto in Richtung Maastricht unterwegs sind.

Stöhnend stemme ich mich wieder hoch und ziehe geräuschvoll die Luft ein, als meine Füße den Boden wieder berühren. Tatsächlich scheinen die Schmerzen nach der Pause noch stärker zu sein. Aber ich weiß, dass das nur Einbildung ist. Also beiße ich die Zähne aufeinander und humpele weiter.

Die aufblitzenden Sternchen vor meinen Augen versuche ich wegzublinzeln. Jetzt bloß nicht schlapp machen. Es kann nicht mehr weit sein bis zum nächsten Wasser. Oder zum nächsten Haus. Bis zu einer Dose voll Hundefutter. Bis zu irgendetwas, das mir ein wenig Hoffnung und Kraft zurückgibt.

Das war wohl der einzige Vorteil, den es gebracht hat, als Marek noch meinen Körper besetzt hat. Und spätestens jetzt hätte ich gemerkt, dass er nicht mehr da ist. Denn ich war dem Tod wohl noch nie so nah wie in diesem Moment.

Mein Sichtfeld schränkt sich mit jedem weiteren Meter mehr ein. Als hätte jemand eine Elipse vor mein Gesicht gehalten. Der ovale schwarze Rahmen wird breiter und breiter, bis ich kaum noch etwas sehe. Nicht mehr lange und ich falle in Ohnmacht. Das deutet auch das Rauschen in meinen Ohren an. Wie ein Radio, das keinen Empfang mehr hat. Dafür spüre ich die Schmerzen nun nicht mehr so stark.

Wasser, wenn ich doch bloß ein wenig Wasser finden würde. Einen Teich, einen Bach, eine Pfütze. Verdammt, es hat doch in den letzten Tagen so viel geregnet. Warum finde ich keine Pfütze? Aber selbst wenn ich durch eine hindurchlaufen würde, würde ich es wahrscheinlich nicht einmal mehr bemerken. Ich stolpere nur noch voran. Es ist aussichtslos.

Es ist … ein Auto?

Taumelnd bleibe ich stehen und starre mit offenem Mund auf den roten Kombi, der da mitten auf der Straße geparkt steht. Die Beifahrertür steht offen.

Ein hüstelndes Lachen entkommt mir. Ist das Einbildung? Eine Fata Morgana? Es muss so sein. Denn dieses Auto sieht genauso aus, wie das, das wir in Köln kurzgeschlossen haben. Das Auto, in dem alle unsere Vorräte stecken.

Mühsam schleppe ich mich weiter darauf zu und je näher ich komme, desto mehr verfestigt sich das Bild. Schon einige Meter, bevor ich das Auto erreicht habe, strecke ich die Hand danach aus. Ich muss es berühren. Ich muss wissen, ob es echt ist.

Und dann stehe ich direkt davor. Meine Finger berühren das Blech, das von der Sonne erwärmt wurde und streichen vom Kofferraum bis zur offenen Seitentür.

Und als ich das Handschuhfach öffne und mir dabei Paddys Gameboy entgegenfällt, kratze ich die letzten Flüssigkeitsreserven in meinem Körper zusammen, um hemmungslos zu weinen.

KAPITEL 21

HÜLYA

Bei Einbruch der Nacht haben wir nicht nur das Gebiet eingegrenzt, in dem sich das Haus von Hedi und ihrem Vater befindet, sondern auch noch herausgefunden, dass sie dort nicht nur zu zweit wohnen. Sie sind mindestens zu dritt. Da ist noch ein Kerl, ich vermute ihr älterer Bruder, da er genauso blond und genauso unverschämt attraktiv ist.

Die Hütte liegt mitten im Wald, umgeben von Nadelbäumen. Vermutlich handelt es sich um eine ehemalige Försterhütte.

Immer wieder fragt Paddy mich nach Einzelheiten das Haus betreffend, während wir hinter einem kleinen Hügel, ein paar Meter entfernt auf der Lauer liegen. Ohne Brille sieht er auf diese Entfernung und mit nur schwachem Licht so gut wie ein Maulwurf.

„Es ist eine Holzhütte mit kleiner überdachter Veranda."

Er nickt. „Ein Stockwerk, nicht wahr?"

„Jetzt echt?", frage ich ihn. „So blind bist du? Das ist jetzt irgendwie doch schockierend."

„Da siehst du. Das ist die Kleinigkeit, die du heute über mich erfährst. Du warst in den letzten Tagen

127

mit einem Blinden unterwegs und hast dich voll auf ihn verlassen."

Ich strecke ihm die Zunge heraus und weiß, dass er das sehr wohl sehen kann. Aber er ignoriert es und deutet wieder auf die Hütte. „Wie viele Eingänge?"

„Einer, soweit ich das erkennen kann. Vielleicht ist auf der Seite, die wir von hier aus nicht sehen können, noch eine Tür. Aber ich glaube eher nicht. Dafür ist die Hütte zu klein. Und ja, es ist nur ein Stockwerk. Es sei denn, sie haben den Dachboden ausgebaut." Ich schaue wieder hinüber zu der Hütte und muss ein Seufzen unterdrücken. Sie sieht schon von außen so gemütlich aus. Drinnen scheint ein Feuer im Kamin zu brennen und flackernde Lichter, vermutlich Öllampen, werfen ein warmes Licht durch die verstrebten Fenster nach außen. Wie schön wäre es, jetzt da drin zu sein.

„Da vorne", Paddy deutet an der Hütte vorbei. „Da steht ein kleiner Schuppen. Was ist damit?"

„Ich vermute mal, dass sie darin Werkzeuge lagern. An der Seite sind Holzscheite aufgestapelt."

Paddy nickt anerkennend. „Die haben hier ja das reinste Paradies."

Ich strecke mich ein wenig, um das Gelände besser überblicken zu können. Ich frage mich, ob Heini noch da ist.

Als die Vordertür sich öffnet, drücke ich Paddys Kopf schnell herunter. „Der Vater kommt raus", flüstere ich.

„Was tut er?"

„Er öffnet die Schuppentür ... und holt ein paar Holzscheite heraus. Da drinnen ist also noch mehr gelagert. Wow. Die haben sogar ein Motorrad."

„Ausgezeichnet", flüstert Paddy. „Das können wir gut gebrauchen. Lebensmittel siehst du aber keine, oder?"

Ich schüttele den Kopf. „Nicht von hier. Die haben sie bestimmt in der Hütte." Ich ziehe mich etwas zurück und sehe Paddy ernst an. „Hör mal, ich fühle mich echt nicht gut dabei. Die Häuser, die wir bisher nach Essbarem durchsucht haben, waren allesamt unbewohnt. Wir haben somit nie wirklich etwas gestohlen. Das hier ist etwas vollkommen anderes. Die Leute brauchen das Essen noch."

Paddy verzieht den Mund. „Wir brauchen es auch. Soll ich dich daran erinnern, wie viel wir noch zu essen haben? Null. Zero. Nada."

Ich nicke. „Ja, ich weiß. Aber es gibt bestimmt noch eine andere Möglichkeit. Wenn wir einfach weitergehen…"

„Was meinst du, wie weit du ohne Wasser noch kommst? Den letzten Schluck haben wir uns eben geteilt. Und wir können nicht jede Plörre trinken. Wenn wir uns jetzt noch Magenprobleme zuziehen, sind wir schneller ausgetrocknet als eine Orange im Ofen."

„Super Vergleich", murre ich und schiele wieder zu der Hütte hinüber. Paddy hat ja recht. Wie meistens. Trotzdem fühle ich mich schlecht. Diese Hedi war zwar unverschämt gut gepflegt und hat deshalb direkt meinen Hass auf sich gezogen, aber sie war sehr nett und hat es ganz sicher nicht verdient, dass wir ihre Lebensmittel stehlen.

„Wir nehmen ja nicht alles mit", argumentiert Paddy weiter. „Nur so viel wie in den Rucksack passt. Davon werden sie bestimmt nicht verhungern und wir leben ein paar Tage weiter."

Seufzend gebe ich nach. „Also gut. Lass es uns durchziehen."

In dieser Nacht belassen wir es beim Beobachten. Es wäre viel zu riskant, rein zu schleichen während sie schlafen. Also einigen wir uns darauf, noch einen weiteren Tag abzuwarten. Irgendwann werden ja mal alle drei auf einmal die Hütte verlassen.

Wir suchen uns einen Platz einige hundert Meter abseits der Hütte, trinken abwechselnd ein paar Schlucke aus unserer Wasserflasche und spielen dann schnick, schnack, schnuck, um festzulegen, wer die erste Nachtschicht übernimmt.

Es erwischt mich, aber eigentlich ist mir das auch egal. Ich bin sowieso viel zu aufgeregt, um zu schlafen. Außerdem wäre mir wohl auch zu kalt dafür. Denn um keine Aufmerksamkeit zu erregen, haben wir uns gegen ein Lagerfeuer entschieden.

Also wandere und hüpfe ich im Kreis herum, um mich warm zu halten, bis Paddy mich anschnauzt und mir befiehlt, mich wieder hinzusetzen.

Die Nachtschichten sind immer der schlimmste Teil des Tages. Die Zeit, in der ich alleine bin mit mir und meinen Gedanken. So sehr Paddy mich auch manchmal nervt, sein ständiges Geplapper lenkt mich wenigstens von meinen Ängsten ab.

Jetzt, in der Stille der Nacht, höre ich Geräusche, die mir am Tag nie auffallen. Trippeln. Rascheln, Knacken, Knirschen. Ich muss den Gedanken daran vertreiben, dass tausende Krabbeltiere um mich herum unterwegs sind. Käfer, Larven, Kakerlaken, Würmer, Raupen, Spinnen.

Ich beginne, eine leise Melodie zu summen, um nicht mehr denken zu müssen. Aber mein Kopf hört einfach nicht auf. *Spinnen*, flüstert mir mein Gehirn zu. *Spinnen im Laub. Spinnen im Baum über dir. Sie seilen sich auf dich herab.*

Schnell rücke ich vom Baum ab und hocke mich an eine andere Stelle.

Total sinnlos, denke ich mir, stehe wieder auf und fange an, erneut im Kreis zu laufen.

Paddys genervtes Stöhnen ignoriere ich einfach.

Und zu diesen ganz banalen Ängsten, kommen auch noch Zukunftssorgen. Ich weiß, dass es ein Wunder ist, dass wir überhaupt noch leben. Mal davon abgesehen, dass wir wahrscheinlich zu einem winzig kleinen Bevölkerungsteil zählen, der das Virus überlebt hat, konnten wir auch bisher den Infizierten entkommen. Aber noch dazu kämpfen wir Tag für Tag gegen Hunger, Durst und Infektionen. Ich habe am eigenen Leib erfahren, dass eine einfache Grippe uns umbringen kann. Krankheiten, bei denen ich mich früher über ein paar Tage schulfrei gefreut habe, fürchte ich nun genauso sehr wie den Biss eines Untoten.

Heute leben wir noch. Aber was ist morgen? Paddy hat recht. Wir müssen die Leute bestehlen. Denn, wenn wir es nicht tun, kann es sein, dass wir bereits in drei Tagen verdurstet sind. Wer weiß, wann wir wieder einen Bachlauf finden. Oder wann es das nächste Mal regnet.

Ich frage mich, was mein Vater dazu sagen würde. Würde er den Kopf darüber schütteln, dass seine Tochter zur Kriminellen wird? Oder würde er es gutheißen, weil ich damit mein Überleben sichere? Mein Vater war ein strenger, aber liebevoller Mann, der sich stets an das Gesetz gehalten hat. Aber ich denke, in dieser Situation würde selbst er wollen, dass ich in diese Hütte einbreche und mir das hole, was ich zum Überleben brauche.

Ich nicke, wie um mir diesen Gedanken zu bestätigen. Ja, das würde er wollen.

„Argh!", schnauft Paddy und wirft mit einem kleinen Stock nach mir. „Jetzt setz dich endlich hin, verdammt. Ich bekomme kein Auge zu."

Widerstrebend lasse ich mich neben ihm nieder und starre in die Dunkelheit. Der Mond steht inzwischen hoch am Himmel. Nicht mehr lange und ich kann mit Paddy tauschen. Vielleicht sollte ich ihm jetzt wirklich mal ein bisschen Ruhe gönnen.

An diesem Morgen verzichtet Paddy darauf, mich zu wecken. Was dazu führt, dass ich nach Luft schnappend hochschrecke und mich panisch umschaue, weil ich befürchte, er ist selbst eingeschlafen oder tot. Aber er sitzt seelenruhig ein paar Meter entfernt und reinigt seine Fingernägel mit der Spitze meines Messers.

„Guten Morgen, Dornröschen. Ich hoffe, du hast gut geschlafen, nachdem du mich um meinen Teil der Nacht gebracht hast."

Zerknirscht verziehe ich das Gesicht. „Ja, tut mir leid. Mein Kopf wollte einfach keine Ruhe geben."

Paddy nickt nur knapp und deutet dann mit dem Messer über meine Schulter. „Also, ich war eben schon mal kurz bei der Hütte, um mir ein Bild bei Tageslicht zu machen. Sie arbeiten heute offenbar draußen und …"

„Du hast was?", frage ich perplex.

Paddy sieht mich nur irritiert an.

„Du warst weg während ich geschlafen habe?", hake ich genauer nach.

„Ja, ja, keine Panik", wiegelt Paddy ab. „Ist ja nicht so weit. Ich hätte dich noch schreien hören."

Ich ringe eine Weile nach Worten, schüttele dann aber nur den Kopf. Es ist sinnlos, mit ihm zu diskutieren. Einmal mehr stelle ich fest, dass Paddy ein sehr sonderbarer Mensch ist. Also atme ich tief durch und sehe ihn dann betont gelassen an.

„Also gut, was hast du gesehen?"

„Hab ich doch schon gesagt: Sie waren draußen. Was genau sie da gemacht haben, kann ich dir leider nicht sagen. Du weißt ja", er deutet mit dem Messer auf seine Augen.

Ich nicke. „Ich weiß."

„Also, auf. Verrichte deine Notdurft und tue, was immer eine Frau alleine tun muss. Ich halte die Stellung."

Ich hebe skeptisch eine Augenbraue. „Sicher? Oder entfernst du dich wieder innerhalb meines Schreibereichs?"

Statt einer Antwort zieht er sich die Schuhe samt der löchrigen Socken aus und beginnt, mit dem Messer auch noch seine Zehennägel zu bearbeiten. Angeekelt wende ich mich ab und stakse ein wenig steif ein paar Meter weiter.

Kurze Zeit später liegen wir wieder hinter dem kleinen Hügel auf der Lauer. Auf dem Bauch liegend zerrupfe ich ein paar trockene Blätter zwischen meinen Fingern. Mein Magen knurrt und zieht sich schmerzhaft zusammen. Ein kleines Frühstück wäre nicht schlecht gewesen. Aber wir konnten gerade mal die letzten Tropfen aus unserer Flasche trinken.

Sehnsüchtig denke ich an das Auto zurück und die ganzen Vorräte, die wir darin zurückgelassen haben. Wieso sind wir eigentlich nicht wieder zum Auto zurückgekehrt? Wenn die Luft rein gewesen wäre, hätten wir uns mindestens noch einen gefüllten Rucksack aus dem Kofferraum schnappen können.

Frustriert lasse ich den Kopf sinken. Für diese grandiose Idee ist es jetzt lange zu spät. Das Auto ist viel zu weit entfernt. Bevor wir es erreichen, würden wir verdursten oder verhungern. Oder beides. Wie auch immer.

Ein Knuff in die Seite durch Paddys Ellbogen lässt mich wieder aufschauen. Gemeinsam beobachten wir den Vater, der mit seinem Gewehr auf der Schulter die Hütte verlässt. Unterhalb der Veranda dreht er sich noch einmal herum und sagt etwas zu Hedi, die in der offenen Tür steht. Ich schnaube leise, als ich sehe, dass sie ein knielanges, rosa Nachthemd trägt. Im Ernst? Warum dreht sie sich die Haare nicht noch zu süßen Zöpfchen hoch? Wen will sie beeindrucken? Ihren Bruder? Wie eklig ist das denn?

Paddy unterbricht meine Gedanken, als er sich ein wenig aufsetzt. Ich will ihn gerade anzischen, dass er aufhören soll, sie anzugaffen, da sehe ich, was er bereits bemerkt hat.

Der junge Kerl verlässt ebenfalls die Hütte. Er trägt einen Eimer in jeder Hand und hebt sie noch einmal zum Gruß in Richtung seiner Schwester, bevor er im Wald verschwindet.

Wir sehen wie Hedi sich über die nackten Arme reibt. *Ja, es ist kühl hier draußen, Häschen.* Dann zieht sie sich zurück und schließt die Tür.

„Ha." Ein breites Grinsen zieht sich langsam über Paddys Gesicht.

„Ha?", wiederhole ich mit hochgezogener Augenbraue.

„Rotkäppchen ist allein' im Haus. Das ist unsere Chance."

Paddy will gerade aufstehen, da halte ich ihn am Ärmel fest und ziehe ihn zurück zu mir auf den Waldboden. „Was soll das heißen? Ich dachte, wir warten, bis alle die Hütte verlassen haben."

Paddy zieht die Schultern hoch. „Das tun sie aber offensichtlich nicht. Anscheinend sind sie klug genug, ihr Eigentum nicht unbewacht zu lassen. Oder denkst du, Rapunzel verlässt den Turm im Nachthemd?"

Ich rolle mit den Augen. „Argh, hör endlich auf in Märchen zu sprechen. Du denkst doch wohl nicht, dass ich da rein spaziere, während sie noch drin ist?"

„Nicht?"

„Hast du sie noch alle? Was hast du vor? Sie fesseln und knebeln?"

Paddy nickt. „Genau." Dann wiegt er den Kopf hin und her. „Das heißt: Nein, wir haben ja kein Seil, oder doch? Wir könnten sie ansonsten auch einfach k.o. schlagen."

„Ich schlag' dich gleich k.o.!", schnauze ich ihn an und verpasse ihm einen Schlag mit der flachen Hand auf den Hinterkopf. Während er sich noch über die hoffentlich entstehende Beule reibt, atme ich tief durch und stehe auf.

„Was denn jetzt?", fragt Paddy, „Bist du doch dabei?"

„Ich hab' ne andere Idee", entgegne ich und spaziere los. Mein Gang mag entspannt aussehen, aber mein Herz schlägt mir bis zum Hals, als ich mich der

Holzhütte nähere und die drei Stufen zur Veranda hochsteige. Vor der Tür bleibe ich stehen und schaue zu dem kleinen Hügel, hinter dem Paddy immer noch wartet. Keine Ahnung, wie er auf meine Aktion reagiert. Aber ich setze immer noch auf Menschlichkeit statt roher Gewalt.

Noch einmal atme ich tief ein und aus, dann hebe ich die Hand und klopfe dreimal.

Von drinnen ertönt ein knappes Bellen. Heini! Dann Stille. Ich warte ... und warte ... und warte ...

Es tut sich nichts. Natürlich nicht. Was hatte ich erwartet? Dass Hedi freundlich die Tür öffnet und mich hereinbittet? Aus dem Augenwinkel sehe ich die Gardine vor dem Fenster neben der Tür wackeln. Sie hat mich gesehen!

Ich streiche mir die schweißnassen Hände an der Hose ab. Nichts passiert.

Schließlich räuspere ich mich deutlich, drehte dichter an die Tür und hoffe, dass sie mich versteht, als ich sage: „Hedi? Hier ist Hülya. Also, das Mädchen von gestern. Weißt du noch?" Ich kichere nervös. „Ja, sicher weißt du das noch. Man begegnet hier ja wohl nicht alltäglich anderen Menschen. Also, jedenfalls ... Mein Freund und ich, wir ...", ich seufze und lehne die Stirn an die Tür. „Ich will ehrlich zu dir sein. Wir sind kurz davor zu verhungern. Und ich hatte die verrückte Hoffnung, dass ihr vielleicht ... dass ihr vielleicht etwas zu essen für uns übrig habt. Oder auch nur etwas Wasser." Ich schweige kurz und warte vergeblich auf eine Reaktion. „Oder ... oder vielleicht kannst du uns sagen, wie wir an die nächste Quelle kommen. Das weißt du doch, oder? Hier muss ja irgendwo eine sein, wenn ihr hier lebt."

Wieder verstumme ich und presse mein Ohr an das Holz. Von drinnen höre ich leises Scharren und ein Winseln. Heini. Wahrscheinlich hält sie ihm die Schnauze zu, damit er keinen Krach macht.

Aber Hedi selbst rührt sich weiterhin nicht. Ich schließe die Augen und schlucke trocken.

„Bitte?"

KAPITEL 22

RAIK

Ich fasse es nicht. Da steht es. Das Auto. Ein Wunder. Wie Wasser in der Wüste. Erschöpft lasse ich mich auf den Beifahrersitz sinken und verharre dort einen kurzen Moment, bevor ich mich umdrehe und auf der Rückbank nach etwas Trinkbarem suche. Tatsächlich. Im Fußraum finde ich eine halbvolle Flasche Cola. Das schwarze Zuckerwasser ist pisswarm und vermutlich wird mein Magen innerhalb der nächsten Stunde dagegen rebellieren. Aber für den Moment bringt es meinen Kreislauf wieder etwas in Schwung.

Ich trinke die Flasche leer, lasse sie achtlos in den Fußraum fallen und lehne mich im Sitz zurück. Auf dem weichen Polster zu sitzen fühlt sich an, wie auf Wolken zu schweben. Am liebsten würde ich mich nie mehr hier wegbewegen. Aber tief in mir drin spüre ich bereits Unruhe aufkommen.

Was ist mit den anderen passiert? Wo sind Hülya, Chris und Paddy?

Ich richte mich wieder etwas auf und suche das Auto nach einer Nachricht oder einem anderen Zeichen von ihnen ab. Aber bis auf, dass es wirkt, als hätten sie es fluchtartig verlassen, finde ich nichts.

Mit vor Schmerz zusammengebissenen Zähnen krabbele ich auf den Fahrersitz und mache mich an den offen liegenden Kabeln zu schaffen. Aber das Auto springt nicht an.

Seufzend lehne mich im Sitz zurück. Ich kann mir nur zusammenreimen, was passiert sein könnte. Am wahrscheinlichsten ist es, dass sie keinen Sprit mehr hatten und das Auto schnell verlassen mussten, weil sie von Infizierten umgeben waren. Ich drehe den Kopf zur Seite und betrachte aus halb geschlossenen Augen den Waldrand. Irgendwo dort draußen sind sie unterwegs. Ich sollte jetzt aussteigen und sie suchen, bevor sie zu weit entfernt sind. Aber dafür bin ich viel zu müde. Außerdem habe ich vielleicht das Glück, dass Mila ebenfalls dieser Straße folgt und das Auto entdeckt.

Also ziehe ich die Türen zu, wobei mir auffällt, dass die Scheibe auf der Beifahrerseite zertrümmert wurde. Ich klettere sicherheitshalber auf den Rücksitz, strecke mich so gut es geht darauf aus und schlafe innerhalb weniger Minuten ein.

Mit rasendem Herzschlag und nass geschwitzt schrecke ich hoch. Draußen dämmert es bereits und ich suche die Umgebung mit den Augen ab. Mein Atem geht so schnell und heftig, dass mein ganzer Körper bebt. Nein, es liegt nicht an meinem Atem. Ich zittere. Irritiert hebe ich eine Hand und betrachte die wackelnden Finger. Wie unter Stromstößen zucken sie herum.

Mein erster Gedanke ist: *Marek ist zurück.* Aber nachdem ich eine Weile in mich hineingehorcht habe, komme ich zu dem Schluss, dass es einfach an der Erschöpfung und an meinem ausgemergelten

140

Körper liegen muss. Ich versuche, mich zu beruhigen, indem ich die Augen schließe und tief ein- und ausatme.

Die Nacht werde ich wohl noch im Auto verbringen müssen. Ich fühle mich noch nicht bereit, mich wieder auf den Weg zu machen. Außerdem ist es bei Nacht alleine dort draußen zu riskant.

Vorsichtig setze ich mich auf, zische aber trotzdem vor Schmerz, als mein Oberschenkel das Polster berührt. Die Wunde muss sich entzündet haben.

Ich ziehe mich an der Rückenlehne hoch und schaue in den Kofferraum. Zu essen müsste ich genug da haben. Ich kann mich erinnern, dass wir einige Konserven eingepackt haben.

Mit einer Hand wühle ich in den Sachen und finde auf Anhieb ein Glas Erbsen und Möhren. Besser als nichts. Abwechselnd esse ich das Gemüse und trinke die Brühe in der es schwimmt. Mein Magen brodelt und blubbert, als er endlich wieder gefüllt wird.

Ich schraube das halbleere Glas zu und stelle es neben mich in den Fußraum, falls ich in der Nacht noch einmal Hunger bekommen sollte. Dann lege ich mich zurück und betrachte durch die Seitenscheibe den dunkler werdenden Himmel. Die Weite, die sich über mir eröffnet, ruft mir ins Gedächtnis, wie aussichtslos meine Suche nach Hülya und den anderen vermutlich ist. In diesem Moment fühle ich mich winzig klein und verloren. Eine Stecknadel auf einer Weltkarte. Und drum herum nichts als Schwärze.

KAPITEL 23
HÜLYA

Das war's. Ich habe unsere einzige Chance auf etwas zu essen oder wenigstens Wasser verspielt. Paddy hatte recht. Wir hätten sie einfach überfallen, notfalls k.o. schlagen sollen, um uns dann zu nehmen, was wir brauchen.

Nach meiner Aktion sind sie jetzt vorgewarnt. Sie werden ganz sicher nicht mehr so nachlässig sein und Hedi im Haus alleine lassen. Und das Überraschungsmoment ist jetzt auch dahin.

Mit hängenden Schultern wende ich mich von der Tür ab. Auch über diese Entfernung spüre ich Paddys vorwurfsvollen Blick auf mir ruhen.

Ein Klicken hinter mir lässt mich innehalten. Ich bleibe stehen und drehe mich so langsam um, als hätte ich ein wildes Tier vor mir, das ich nicht verschrecken wollte.

Hedi steht in der halb geöffneten Tür. Inzwischen ist sie angezogen. Ordentlich gekleidet in Jeans und einem karierten Hemd. Die blonden Haare hat sie zu einem Pferdeschwanz zusammengebunden und sieht mich misstrauisch an. Mir entgeht nicht die kleine Pistole in ihrer Hand. Wie auch? Sie hält sie ja direkt auf mich gerichtet.

„Wenn ihr mich verarscht oder irgendwelche Tricks versucht, knalle ich euch ab", sagt sie und ich zweifele keine Sekunde am Wahrheitsgehalt ihrer Worte. Bevor ich etwas erwidern kann, wird sie grob beiseite gestoßen, als Heini sich an ihr vorbeidrängt und mit einem freudigen Bluffen an mir hochspringt.

Lachend schließe ich die Arme um ihn und lasse mir das Gesicht ablecken.

„Heini, du treulose Tomate. Kaum hast du die Aussicht auf eine gemütlichere Übernachtungsmöglichkeit verlässt du mich."

„Er ist etwas eigen", pflichtet Hedi mir bei und schmunzelt leicht, was seltsam ist, weil sie immer noch die Waffe auf mich gerichtet hält. „Außerdem schnarcht er ganz furchtbar."

Ich lache noch einmal. „Das ist mir bisher nicht aufgefallen. Wahrscheinlich hat Paddy ihn übertönt."

Hedi lässt die Pistole ein kleines Stück sinken und streckt sich, um über meine Schulter nach draußen zu schauen. „Wo ist der eigentlich?"

„Hält sich noch da drüben versteckt", sage ich und deute auf den kleinen Hügel. „Vermutlich wird er halb wahnsinnig, weil er nicht richtig erkennen kann, was hier abgeht. Ohne seine Brille ist er so gut wie blind."

Hedi steckt die Waffe in ihren Hosenbund und tritt an mir vorbei auf die Veranda. Offenbar habe ich ihr Vertrauen gewonnen, denn sie lässt die Tür einfach offen stehen.

Sie formt die Hände vor ihrem Mund zu Trichtern und ruft: „Hey Paddy! Falls du Hunger hast: Ich hab den Tisch noch nicht abgedeckt."

Gemeinsam beobachten wir, wie Paddy zögernd aus seiner Deckung hervorkommt. Ich sehe das Misstrauen in seinem Gesicht. Und das wird nicht weniger, als er beim Näherkommen die Pistole in ihrem Hosenbund entdeckt. Sofort tastet er nach seiner eigenen Waffe.

„Nur damit du es weißt", sagt er in ruhigem Ton. „Auch ohne meine Brille erwische ich sich bewegende Objekte sehr gut."

„Gut zu wissen", entgegnet Hedi grinsend. „Dann bleibe ich besser still stehen."

„Also, was jetzt?", murrt er und mir entgeht nicht sein finsterer Blick in meine Richtung. „Werden wir jetzt einfach so zum Essen eingeladen?"

Ich rolle genervt mit den Augen. „Sei nicht so unhöflich."

„Schon gut", meint Hedi und winkt lächelnd ab. „Ein bisschen Skepsis hat noch keinem geschadet. Sagt zumindest mein Vater immer. Apropos: Der sollte euch hier lieber nicht erwischen, sonst macht er mich einen Kopf kürzer. Von euch ganz zu schweigen. Also, kommt schnell rein."

Hinter Hedi und Hein Blöd betreten wir die kleine Hütte und staunen nicht schlecht. Sie ist noch gemütlicher, als ich es erwartet hätte. In der rechten Ecke befindet sich ein Tresen mit Spüle, der offenbar zu einer offenen Küche umfunktioniert wurde. Gleich vor uns steht ein massiver Holzesstisch mit vier Stühlen. Dahinter führt eine Tür in einen weiteren Raum. Eine schmale Leiter lehnt an der Wand und oben entdecke ich eine Luke.

Links von uns steht eine kleine Couch, deren Polster schon ziemlich abgewetzt wirken. Aber auf dem Wohnzimmertisch davor liegen ordentlich dra-

145

pierte Zeitschriften auf einer grünen Häkeldecke. Alles wirkt so liebevoll eingerichtet und es duftet wunderbar sauber. In diesem kleinen Stück Zivilisation fühle ich mich wie ein schmutziger Eindringling.

Missmutig schaue ich an mir hinunter und streiche unauffällig über die Erd- und Blutflecken an meiner labbrigen Jeans.

„Setzt euch", sagt Hedi und deutet auf die freien Stühle. Und jetzt fällt mir das Wichtigste auf: Der Tisch ist gedeckt. Und zwar nicht nur mit Tellern und Tassen, sondern auch mit Essen. Richtigem Essen. Ich sehe eine Schale mit Äpfeln und Nüssen, drei Eier, einen mit Milch gefüllten Krug und …

„Ist das Joghurt?", keuche ich und stolpere dem Tisch entgegen, so eilig habe ich es auf einmal.

Hedi nickt stolz. „Selbst gemacht. Leider gibt es kein Brot. Das mit dem Getreide klappt noch nicht so ganz wie mein Papa es geplant hatte. Aber wir haben Milch, Butter, Joghurt und wenn die Hühner gut drauf sind, auch Eier. Heute ist also euer Glückstag."

Paddy stößt ein ungläubiges Lachen aus. Nicht einmal er ist noch in der Lage sarkastische Sprüche zu reißen.

Vollkommen überwältigt ziehen wir uns die Stühle hervor und lassen uns darauf nieder. Hedi schenkt uns Milch ein und wir trinken gierig in großen Schlucken. Oh Gott, wie lange ist es her, dass ich das letzte Mal Milch getrunken habe? Nicht einmal im Schloss hatten wir das.

Tausend Fragen schießen mir durch den Kopf, aber zuerst schäle ich mir ein Ei und löffele hastig den Joghurt in mich hinein. Ich kann mich gar nicht entscheiden, was ich zuerst essen soll, deshalb schlinge ich nebenher das Ei herunter und greife dann sofort nach einem Apfel. Die Früchte sind längst nicht so perfekt wie die, die ich aus dem Geschäft kenne. Sie sind an manchen Stellen braun und schrumpelig. Aber das ist mir egal. Ich seufze, als ich hineinbeiße und mir der Saft im Mund zergeht.

„Die sind vom letzten Herbst", entschuldigt Hedi sich. „Deshalb sind sie nicht mehr so knackig. Wir haben auch nicht mehr viele. Aber dafür beginnt ja bald die Erdbeersaison."

Mit vollem Mund und immer noch kauend starre ich sie an. Weiß sie überhaupt, wie gut es ihr geht?

„Es ist perfekt", erwidere ich schmatzend und sie lächelt wieder stolz.

„Das freut mich." Sie nimmt uns gegenüber Platz und beobachtet schweigend, wie wir alles in uns hineinstopfen. Zwei Äpfel habe ich mir bereits in den Pulli gesteckt. Sicherheitshalber. Die Nüsse bewahre ich mir bis zum Schluss auf. Und dann, während ich an den Haselnüssen knabbere, beginnt Paddy, die Fragen zu stellen, die auch mir auf der Seele brennen.

„Woher habt ihr die Milch? Ich hab hier keine Kühe gesehen."

„Sie stehen nicht hier am Haus. Durch die ganzen Nadelbäume ist der Boden zu sauer. Deshalb wächst kein Gras. Wir müssen ein Stück bis zur Weide laufen."

„Bis zur Weide?", wiederhole ich. „Das heißt, der Wald ist bald zu Ende?"

Hedi nickt. „Klar. Wir befinden uns am nördlichsten Rand des Waldes."

„Norden", stellt Paddy fest und nickt mir zufrieden zu. „Siehst du?"

147

Ich ignoriere ihn und sehe wieder Hedi an. „Seit wann lebt ihr hier?"

Sie dreht sich um und wirft einen Blick auf ein Blatt Papier, das hinter ihr an der Wand hängt.

„Ähm. Seit etwas über zwei Jahren."

„Ist das ein Kalender?", frage ich, stehe auf und sehe mir das Papier genauer an. Tatsächlich. Es ist nicht nur ein Blatt, sondern mehrere hintereinander geheftete. Auf dem vordersten steht groß APRIL und einige der aufgemalten Kästchen sind schon durchgestrichen.

„Es ist April", murmele ich und seltsamerweise rührt mich das zu Tränen. Es ist nicht die Tatsache, dass es bereits Frühling ist und wir somit die härteste Zeit des Jahres überstanden haben. Es liegt vielmehr daran, dass ich es jetzt genau weiß.

„Der zweiundzwanzigste, um genau zu sein", bestätigt Hedi, die sich inzwischen daran gemacht hat, den Tisch abzuräumen. Sie stellt die Teller in die Spüle, was mir reichlich sinnlos vorkommt, bis sie den Wasserhahn betätigt und tatsächlich Wasser über die dreckigen Teller läuft.

Mein Mund klappt auf. Ich kann den Blick kaum von dem fließenden Wasser lösen.

„Ach du scheiße", wirft Paddy staunend ein.

„Gut, oder?", fragt Hedi. Ihre Augen leuchten vor Begeisterung, als sie unsere fassungslosen Gesichter bemerkt. „Mein Papa hat eine Quelle in der Nähe angezapft. Man kann das Wasser sogar trinken." Um es uns zu beweisen, hält sie die Hände unter den Strahl und nimmt ein paar Schlucke daraus.

148

Dann erklärt sie: „Das ist sicherer und komfortabler, als jedes Mal mit den Eimern loszulaufen, wie wir es vorher monatelang gemacht haben."

„Durchaus", murmelt Paddy. Wir beide sind immer noch ganz hingerissen von dem plätschernden Geräusch. Hedi scheint das zu bemerken, denn sie schnappt sich zwei Gläser aus dem Regal hinter sich und füllt sie für uns auf.

Wir brauchen keine fünf Sekunden, um das Wasser hinunterzustürzen.

„Leider ist der Anschluss für das Badezimmer noch nicht fertig. Deshalb müssen wir immer ein bis zwei Eimer für die Toilette und zum Duschen mit rüber nehmen. Aber darum wollen Papa und Theo sich auch noch kümmern."

Paddy fragt in derselben Sekunde „Theo?", in der ich „Badezimmer?", frage. Hedi schaut zwischen uns hin und her, dann lacht sie kurz und hell.

„Um euch beiden zu antworten: Theo ist mein älterer Bruder. Er und Papa haben im letzten Jahr begonnen, die Hütte zu erweitern. Vorher gab es hier kein Bad. Kommt. Ich zeige es euch mal."

Wie benommen folgen wir ihr am Esstisch vorbei zu der Tür hinüber, die ich gleich am Anfang entdeckt habe. Und als sie sie öffnet, staunen wir nicht schlecht. Ein weiß gefliestes Badezimmer. Mit Toilette, Waschbecken und Badewanne. Sauber und gepflegt.

„Scheiß die Wand an", stößt Paddy aus, was Hedi dazu veranlasst, kurz das Gesicht zu verziehen.

Ich wage es nicht, das Badezimmer zu betreten. Zu sauber sind die Fliesen und zu dreckig meine Schuhe. Zu dreckig mein Ganzes Ich.

„Ich würde euch ja ein Bad einlassen, aber ich befürchte, ich muss euch gleich wieder vor die Tür setzen. Papa und Theo müssten jeden Moment zurückkommen. Es wird schwer genug, ihnen zu erklären, wo unsere letzten Äpfel hin sind."

Es fällt mir schwer, mich von der Stelle zu bewegen. Alleine der Gedanke, dieses wunderbare Haus, diesen Zufluchtsort, das letzte Stück Zivilisation, wieder verlassen zu müssen, bringt mich fast zum Weinen.

Hedi geht hinter den Tresen und zieht eine Kiste hervor, in der sie anschließend herumwühlt. Dann hält sie uns einen kleinen Jutebeutel entgegen.

„Da sind noch mehr Nüsse drin. Ich habe sonst nicht viel mehr, was für unterwegs geeignet ist. Tut mir leid."

Ich schlucke hart und nehme den Beutel entgegen. „Das muss dir nicht leid tun. Ich danke dir." Ich werfe einen kurzen Blick auf Paddy, der sich immer noch in der Hütte umsieht. „*Wir* danken dir", korrigiere ich.

Hedi nickt lächelnd. „Wenn ihr die Hütte verlasst, lauft rechts herum und folgt dem kleinen Trampelpfad. Dann kommt ihr an die Quelle. Habt ihr noch Flaschen, die ihr füllen könnt?"

Wir nicken und bevor wir die Tür öffnen, ziehe ich Hedi zu einer Umarmung zu mir heran. „Danke. Tausend Dank."

„Ja", stimmt Paddy mir zu. „Du hast uns ein paar Tage Überleben gesichert." Er will gerade nach dem Türgriff greifen, da springt ihm die Tür entgegen und trifft ihn hart gegen die Stirn. Paddy taumelt stöhnend zurück und kracht mit dem Rücken gegen den Tisch. Im nächsten Moment trifft mich etwas

hart im Genick und ich gehe in die Knie. Noch bevor ich begreife, was da gerade geschehen ist, schlage
ich mit dem Kopf auf dem Boden auf. Noch während ich das Bewusstsein verliere, sehe ich ein Paar
schlammbefleckte Stiefel vor mir.

KAPITEL 24
RAIK

Schon im Morgengrauen wache ich auf. Meine Knochen sind steif, meine Kleidung klamm. Alles in allem fühle ich mich scheiße. Trotzdem esse ich die restlichen Möhren und Erbsen und quäle mich anschließend aus dem Auto, um an der offenen Kofferraumklappe einen Rucksack zu packen. Ich verzichte auf eine Decke, um so viele Lebensmittel und Wasser wie möglich einpacken zu können. Ein Taschenmesser finde ich auch noch und stecke es in meine Hosentasche.

Meinen Füßen geht es inzwischen etwas besser, dafür kann ich das linke Bein kaum belasten. Ich setze mich auf den Rand des Kofferraums und ziehe mir vorsichtig die Hose herunter.

Meine Befürchtung bestätigt sich. Die Wunde hat sich entzündet. Dort, wo Kevin mir den Nagel in den Oberschenkel gerammt hat, klafft ein rot gerändertes Loch. Es ist angeschwollen und eitert bereits.

„Scheiße", fluche ich leise, ziehe die Hose wieder hoch und mache mich in dem Kofferraumchaos auf die Suche nach Medikamenten. Ich brauche etwas, um die Entzündung zu hemmen. Wenn ich eine Blutvergiftung bekomme, ist das mein Ende.

Ich finde Paracetamol-Tabletten, die bereits seit einem Jahr abgelaufen sind und Hustensaft, der schon angebrochen ist und packe beides ein. Das hilft zwar nicht gegen die Entzündung, aber kann vielleicht wenigstens die Schmerzen eindämmen. Anschließend kümmere ich mich um einen gebrochenen Ringfinger. Mit Hilfe eines kleinen Stöckchens strecke ich ihn so gut es noch geht und binde dann Stock und Finger mit einem Verband zusammen.

Und dann stehe ich mit gepacktem Rucksack da und weiß nicht, wohin.

Ich kann nur eine einzige Richtung fast sicher ausschließen. Die, aus der das Auto kam. Aber ich weiß nicht, ob die drei anschließend nach links in das Gebüsch geflohen sind oder geradeaus über die Straße oder nach rechts in den dichten Nadelwald.

Die Straße schließe ich als Erstes aus, denn dort hätten sie nicht genug Schutz gefunden. Ich schließe kurz die Augen und versuche, mich in Hülya und die anderen hineinzuversetzen. Wenn sie von einer Horde Infizierter verfolgt wurden, haben sie sich wohl schnell gegen die Straße entschieden. Aber sind sie anschließend nach links oder nach rechts gelaufen?

Ich schaue in das Dickicht links von mir. Die schulterhohen Büsche stehen dicht beieinander. So dicht, dass sie auf einer Flucht vermutlich mehr behindern als helfen. Dann sehe ich nach rechts. Der Wald wirkt düster und undurchdringlich. Aber das liegt nur daran, dass die immergrünen Nadelbäume das Sonnenlicht ausschließen. Weiter unten auf dem Boden kommt man gut voran und kann sich trotzdem schnell verstecken. Ja, rechts klingt gut.

Kurz entschlossen wende ich mich noch einmal dem Auto zu, krame im Handschuhfach nach einem Zettel und finde eine alte Tankquittung. Der Kugelschreiber, der mir entgegenrollt, schreibt kaum noch. Ich zerreiße das Papier beinahe, so fest drücke ich auf.

Mit viel Mühe kann man die Nachricht entziffern, die ich auf dem Beifahrersitz hinterlasse: *Ich war hier. Laufe Richtung Norden. Raik.*

Ich zurre den Rucksack noch einmal fest, werfe eine Paracetamol ein und humpele los.

KAPITEL 25

HÜLYA

Auf meiner Zunge liegt noch der Geschmack des Apfels. Süß und saftig. Einfach köstlich. Ein Lächeln stiehlt sich auf meine Lippen, als ich ihm nachschmecke. Und dann begreife ich, was eben geschehen ist.

Plötzlich nehme ich auch das Stimmengewirr um mich herum wahr. Und ich spüre die rauen Holzdielen an meiner Wange. Ich liege also noch auf dem Boden.

Als ich die Augen öffne, blitzt es noch ein paar Mal davor, dann sehe ich wieder klar. Und ich spüre auch die Schmerzen. Nicht nur die des Schlages, den ich abbekommen habe, sondern auch die des Sturzes. Zu dem süßen Geschmack des Apfels mischt sich der eiserne von Blut. Ich habe mir wohl die Lippe aufgeschlagen. Nach den Schmerzen zu urteilen, vielleicht auch einen Zahn verloren. Als das Blut meinen Rachen hinunterläuft, beginne ich zu husten und spucke es auf den Boden.

„Ich fasse es nicht, Hedi!", brüllt eine Männerstimme. Schwere Schritte poltern knapp an meinem Kopf vorbei. Das Zittern des Holzbodens geht in meinen Körper über.

„Sie sind total nett, Papa!", erwidert Hedi heftig und erscheint in meinem Blickfeld, als sie sich zu mir hinunterhockt. Sie lächelt mich entschuldigend an und greift nach meinem Arm. Eine weitere Person tritt neben sie und zerrt sie von mir weg.

Die Stimme ihres Vaters ertönt erneut. Diesmal hinter mir. „Nach all den Jahren solltest du doch endlich einmal etwas dazu gelernt haben. Ich dachte, wir könnten dich inzwischen alleine hier lassen. Aber nein. Du lässt sofort die nächsten Fremden ins Haus."

Stöhnend stemme ich mich auf die Ellbogen. Ein Blutfaden zieht sich von meiner Unterlippe bis auf den Boden und ich wische ihn nachlässig mit dem Handrücken weg.

„Und du gibst ihnen auch noch unser Essen!", donnert er weiter. „Unsere letzten Äpfel und die guten Nüsse! Ich weiß nicht, ob du es bemerkt hast, Hedi. Aber es gibt keine Supermärkte mehr. Wir können nicht einfach einkaufen gehen, um uns neu einzudecken. Das ist alles harte Arbeit."

„Ich weiß!" Hedis Stimme klingt nun tränenerstickt. „Du bist nicht der Einzige, der hart dafür gearbeitet hat. Die Äpfel habe ich gepflückt und die Nüsse habe ich auch gesammelt. Also kann ich auch entscheiden, wem ich sie gebe."

„Und du gibst sie lieber ein paar Fremden als deiner eigenen Familie?"

Hedi schnieft, während ich versuche, mich weiter aufzurichten. Die Hütte dreht sich um mich, als ich den Kopf hebe, um zu sehen, was vor sich geht. Was werden sie jetzt mit uns tun? Wo ist Paddy?

„Lass mich ihr wenigstens aufhelfen", bittet Hedi leise. Offenbar ist ihm das nun recht, denn sie bückt sich zu mir und greift nach meinen Oberarmen, um mich daran hochzuziehen.

„Geht es?", fragt sie fürsorglich.

Ich nicke, fasse mir aber gleich darauf an die Stirn, als mich erneut ein Schwindel erfasst.

„Wo ist Paddy?" Ich schaue mich suchend um und entdecke nun auch Hedis Vater, der mit verschränkten Armen neben dem Küchentresen steht und mich finster ansieht.

Und bei der Tür steht ihr Bruder, Theo, der zwar nicht ganz so finster, dafür aber skeptisch schaut.

„Im Bad", antwortet Hedi. „Papa meinte, es wäre sicherer, ihn vorerst dort einzuschließen."

„Bitte", sage ich leise und versuche, Hedis Vater in die Augen zu sehen, ohne zu schwanken. „Wir brauchten nur etwas zu essen und zu trinken. Ihre Tochter hat uns das Leben gerettet. Lassen Sie uns einfach gehen und Sie werden uns nie wieder sehen."

Er zieht die Augenbrauen zusammen und sieht mich so durchdringend an, als wollte er meine Gedanken lesen. Schließlich schnaubt er: „Ja, sicher. Und als nächstes klaut ihr unsere Hühner und die Kühe. Oder kommt mit euren Freunden zurück, um direkt das ganze Haus zu übernehmen."

Ich gebe mir Mühe, seinem festen Blick standzuhalten. „Nein, ganz sicher nicht. Ich weiß nicht einmal, ob unsere Freunde überhaupt noch leben. Wir haben sie seit Tagen nicht gesehen. Wirklich, wir wollen nur aus diesem verdammten Wald raus."

Einige Sekunden, die mir wie Stunden vorkommen, starrt er mich noch an, dann schüttelt er leicht den Kopf, sieht weg und presst die Lippen aufeinander.

Offenbar ist das irgendein geheimes Zeichen, denn Hedi atmet neben mir erleichtert aus und drückt meine Hand. Dann wendet sie sich an ihren Vater. „Können wir Paddy dann jetzt wieder aus dem Badezimmer raus lassen?"

Ihr Vater schnauft etwas Unverständliches und macht eine wedelnde Handbewegung, was Hedi sofort dazu veranlasst, auf die Badezimmertür zuzusteuern. Ihr Bruder kommt ihr allerdings zuvor und hält sie mit einem Arm zurück. „Ich mache das."

Dann klopft er an die Tür und spricht dagegen: „Ich mache jetzt auf, okay? Du und deine Freundin, ihr könnt dann gehen."

Er dreht den Schlüssel im Schloss und drückt unendlich lange die Türklinke hinunter, bevor er sie einen Spalt öffnet. Dahinter regt sich nichts. Erst, als er die Badezimmertür ganz geöffnet hat, haben wir freien Blick auf Paddy, der mitten im Raum steht, eine Klobürste in beiden Händen, die er wie ein Schwert auf Theo gerichtet hält.

Stille legt sich über uns, bis ich Hedi neben mir leicht glucksen höre. Ich sehe im selben Moment zu ihr, in dem sie mich ansieht und das Lachen, das sich in ihrem Gesicht ausbreitet, reißt auch mich mit. Eine Weile versuche ich noch, mich zusammenzureißen. Dann stimme ich mit ein. Das hier ist einfach alles so unglaublich verrückt.

Theo hebt grinsend die Hände. „Schon gut. Schon gut. Ich übergebe mich."

Das bringt Hedi und mich vollends um den Verstand. Wie von Sinnen prusten wir los. Mir laufen bereits die Tränen über die Wangen.

„Ja, ja", knurrt Paddy und wirft die Klobürste achtlos beiseite. „Sehr witzig. Lacht ihr nur." Trotz der plötzlich heiteren Stimmung bleibt er angespannt, als er aus dem Bad kommt und mir zunickt.

„Lass uns verschwinden."

Hedi greift nach meiner Hand. „Warte noch kurz." Nach einem vorwurfsvollen Blick zu ihrem Vater greift sie an ihm vorbei hinter den Tresen und befördert unseren Rucksack zu Tage.

Sie packt den Jutebeutel mit den Nüssen hinein und reicht ihn mir anschließend. „Eure Waffen sind da drin", sagt sie und lächelt mich versöhnlich an. „Tut mir leid, dass die beiden so stur sind."

Ich schaue noch einmal kurz zu den männlichen Mitgliedern ihrer Familie und schüttele dann leicht den Kopf. „Weißt du, Hedi, eigentlich haben sie sogar recht. Du solltest keine Fremden mehr ins Haus lassen. Um ehrlich zu sein hatten wir zu Beginn vor, dich auszurauben. Ich hab mich nur dagegen entschieden, weil ich an meinen eigenen Vater denken musste. Er hätte das nicht gut gefunden."

Ohne eine Antwort abzuwarten greife ich nach dem Rucksack und folge Paddy zur Tür. Ich sehe mich nicht mehr um, als wir die Hütte verlassen. Zu groß ist meine Angst, dass sie es sich anders überlegen und uns hinterrücks erschießen könnten. Wir wenden uns nach rechts, so wie Hedi es uns gesagt hat.

Die letzte Stunde war die schönste seit Wochen. Ich wusste gar nicht, wie sehr ich es vermisst habe, an einem Tisch zu sitzen und zu essen, bis ich satt bin. Oder doch. Vielleicht wusste ich es. Aber jetzt ist es noch schlimmer. Jetzt weiß ich, wie gut es anderen immer noch geht im Vergleich zu uns. Selbst für jetzige Zeiten befinden wir uns in einer miserablen Lage.

161

Noch vor ein paar Wochen habe ich selbst zu solch einer privilegierten Gesellschaft gehört. Und jetzt weiß ich, weshalb Raik zu Beginn so genervt von mir war. Ja, ich war verwöhnt. Und wie.

Wir haben den Trampelpfad bereits erreicht, als ich schnelle Schritte hinter mir höre. Mein Herz setzt einen Schlag aus. Sie werden uns doch noch umbringen. Natürlich. Wie hatte ich glauben können, dass der Vater uns so schnell vertraut. Er hat uns nur in Sicherheit gewogen, damit wir keinen Widerstand leisten. Und nun schlitzt er uns hinterrücks die Kehlen auf.

Hastig ziehe ich den Rucksack von meinem Rücken, ziehe den Reißverschluss auf und krame nach unseren Waffen. Paddy hat die Schritte ebenfalls gehört und bleibt alarmiert stehen.

Da! Endlich! Ich greife nach dem Messer, drehe mich um und stoppe die Klinge ein paar Zentimeter vor Hedis Brust.

Ihr Lächeln gefriert sofort in ihrem Gesicht und weicht einem erschrockenen Ausdruck. Und auch meine Augen weiten sich vor Überraschung.

„Hedi?"

Sofort lasse ich das Messer wieder sinken. „Was ist los? Warum läufst du uns nach?"

Sie braucht ein paar Sekunden, um sich von dem Schock zu erholen, dann schleicht sich erneut ein scheues Lächeln auf ihr Gesicht.

„Ihr dürft bleiben."

KAPITEL 26

RAIK

Ich kann an nichts anderes denken, als an den Schmerz in meinem Bein. Noch nicht einmal, weil er so stark ist. Verglichen mit meinen wunden Füßen ist er sogar noch erträglich. Nur ein dumpfes Pochen. Aber dieses Pochen macht mir Angst. Denn ich weiß, dass mit jedem Schlag, den ich unter meiner Haut spüre, die Entzündung weiter durch mein Blut getragen wird. Weiter auf dem Weg zu meinem Herzen.

Ich erinnere mich daran, was Nor mir mal erzählt hat. Wenn die Blutvergiftung das Herz erreicht, bist du tot.

Die rote Linie sehe ich bereits. Mehrmals halte ich unterwegs an, um mir ihren Fortlauf anzuschauen. Eigentlich müsste ich das Bein ruhig halten, damit die Linie nicht so schnell fortschreitet. Aber wenn ich mich hinsetze, zögere ich den Tod nur heraus. Und dann sterbe ich definitiv ohne einen der anderen noch einmal gesehen zu haben. Allein und vergessen hier mitten im Wald.

Also laufe ich weiter und treibe die Vergiftung damit weiter voran.

163

Immerhin habe ich genug zu Essen und Wasser für die nächsten Tage. Ich spare trotzdem an allem, nehme nur hin und wieder einen Schluck aus meiner Flasche. Aber ich nehme mir vor, mir ein Festmahl zu bereiten, wenn ich merke, dass es mit mir zu Ende geht. Auf keinen Fall werde ich etwas davon verschwenden. Wenn ich weiß, dass nichts mehr geht, werde ich mir selbst ein Galgenmahl bereiten. Bis dahin rationiere ich streng.

Erst am Abend, als die Sonne bereits hinter den Bäumen verschwindet, lasse ich mich unter einem von ihnen nieder und öffne eine Konserve.

Ich überlege, mir selbst etwas zu erzählen. Einfach, um meine Stimme noch einmal zu hören. Aber ich bin einfach viel zu müde. Der Tag hat mich ausgelaugt.

Also bette ich mich auf die braunen Tannennadeln, rücke mir meinen Rucksack als Kopfkissen zurecht und schließe erschöpft die Augen.

Ein Knacken und ich bin wach. So fit ist mein Körper also noch. Aber mein Kopf braucht etwas länger, um zu begreifen, was los ist. Dann sehe ich den ungebetenen Gast, der zwischen den Bäumen hervor- und auf mich zuwankt. Ein stattlicher Infizierter. Mindestens einen Kopf größer als ich, wenn er gerade gehen würde. Seine Arme hängen allerdings fast bis zum Boden und sein Rücken ist seltsam seitlich gekrümmt. Vermutlich hat er die Wirbelsäule gebrochen.

Und trotzdem ist er mir momentan überlegen. Denn ich komme nur mit viel Mühe hoch und stolpere noch zweimal über meinen Rucksack, bevor ich es schaffe, ihn mir über die Schulter zu schwingen.

Ich ziehe das Taschenmesser aus meiner Hose hervor und lasse es aufschnappen. Aber was mir vor ein paar Stunden noch nützlich vorkam, wirkt nun einfach nur lächerlich. Mit dem kleinen Messerchen bringe ich diesen Kerl jedenfalls nicht zur Strecke. Die Klinge schafft es wahrscheinlich nicht einmal ganz durch sein Auge.

Also ziehe ich die Flucht dem Angriff vor und humpele los. Zum Glück ist diese Nacht nicht so finster wie die letzte und das Mondlicht dringt genügend durch die Astvergabelungen, um mir den Weg zu erhellen.

Bereits nach wenigen Metern keuche ich so laut, dass ich kaum noch höre, ob der Infizierte mir noch folgt. Doch es muss so sein, denn ich bin nicht viel schneller als er. Verdammtes Bein. Inzwischen ziehe ich es fast nur noch nach. Ich kann es kaum noch belasten. Und meine Füße bringen mich beinahe um.

Ein Blick über die Schulter verrät mir, dass der Bucklige noch nicht aufgegeben hat. Und solange er noch eine Spur von mir hat, wird er das auch nicht.

Es wäre doch zu schön, wenn ich Mila genau in diesem Moment wiederfinden würde. Vielleicht ist sie inzwischen wieder imstande, die Infizierten zu kontrollieren. Einige Minuten verfolge ich diese Hoffnung weiter. Dann zwinge ich mich zurück in die Realität. Ich bin alleine und halte diese Verfolgungsjagd nicht mehr lange durch. Wenn ich den Mistkerl nicht jetzt zur Strecke bringe, werde ich es schon in wenigen Minuten kräftemäßig nicht mehr schaffen.

Es kostet mich Einiges an Überwindung stehen zu bleiben und mich zu dem Infizierten herumzudrehen. Er behält sein Tempo bei, den Blick von unten herauf starr auf mich gerichtet. Hin und wieder gibt er stöhnende Laute von sich.

Ich lasse den Rucksack von meinen Schultern rutschen, packe die Träger mit beiden Händen zusammen und hebe ihn etwa kniehoch neben mich.

„Komm doch", fordere ich den Infizierten heraus, wohlwissend, dass es ihm egal ist, ob ich mit ihm spreche oder nicht.

Seine linke Hand schleift über den Boden, so gekrümmt läuft er mittlerweile. Aber auch das interessiert ihn nicht weiter.

Er ist noch drei Meter entfernt.

Noch zwei.

Noch einen.

Ruckartig hole ich mit dem Rucksack aus und erwische meinen Verfolger seitlich an der Schläfe. Sein Kopf fliegt herum und er wankt gegen einen Baumstamm. Leider war es das aber auch schon und der gewünschte Effekt bleibt aus. Ohne irgendeine weitere Regung zu zeigen, kommt er wieder auf mich zu. Ich hole noch einmal aus und treffe ihn diesmal von unten am Kinn. Sein Genick knackt und anschließend hängt sein Kopf schief auf seinen krummen Schultern. Aber er arbeitet sich unaufhaltsam wieder auf mich zu, während ich rückwärts vor ihm zurückweiche.

Schweratmend hole ich noch zwei weitere Male aus und schaffe es schließlich, ihn zu Boden zu werfen. Mit dem Fuß des gesunden Beines trete ich ihm mehrmals ins Gesicht. Ich sehe bereits Sternchen, als ich endlich etwas Knacken höre und der Infizierte nur noch ein letztes gequältes Stöhnen von sich gibt.

Keuchend sacke ich zu Boden. Der Rucksack rutscht mir aus den zitternden Händen und der Wald dreht sich vor meinen Augen.

Zu viel. Das war zu viel.

Viele leuchtende Punkte tanzen vor meinen Augen und als sie sich zu einem Ganzen vereinen, bin ich plötzlich blind.

Das Blut rauscht in meinen Ohren und macht mich vollkommen hilflos.

Wenn der Infizierte noch nicht tot ist, bin ich geliefert.

Ich taste mich über den Nadelboden voran. Weil mein Hör- und Sehsinn ausgefallen sind, funktionieren Tast- und Geruchssinn plötzlich doppelt so gut.

Mit rasendem Herzen krabbele ich weiter, finde den Rucksack und hieve ihn mir wieder über eine Schulter.

Taub und blind versuche ich, die Orientierung wiederzufinden und hoffe, dass dieser Infizierte der einzige in der Umgebung war.

KAPITEL 27
HÜLYA

„Was soll das heißen?", frage ich verwundert und schaue über Hedis Schulter zurück zur Hütte. Dort stehen ihr Vater und ihr Bruder und starren in unsere Richtung. Haben sie Waffen in den Händen? Nein, soweit ich sehen kann nicht.

„Papa ist einverstanden", erklärt Hedi. „Ihr dürft für eine Weile bleiben. Wie lange, hat er nicht gesagt. Aber so könnt ihr wenigstens erstmal wieder etwas zu Kräften kommen."

„Wie kommt es zu dem plötzlichen Sinneswandel?", will Paddy wissen. Der Argwohn in seiner Stimme ist unüberhörbar.

Hedi zuckt mit den Schultern. „Ich weiß nicht. Vielleicht hat es geholfen, dass Hülya ihren eigenen Vater erwähnt hat. Oder weil er mir einfach nichts abschlagen kann."

Sie zwinkert mir verschwörerisch zu und in diesem Moment kann ich mir sehr gut vorstellen, wie die Vorapokalypsen-Hedi gewesen sein muss. An jeder Hand fünf Freundinnen, Lieblingsfarbe Rosa, ein großes Jugendzimmer, hell und stets aufgeräumt, ihre Haare zu leichten Locken gedreht, aber nur so stark, dass es noch natürlich wirkt.

169

Oh Gott, ich hätte sie gehasst.

Aber jetzt gerade liebe ich sie. Deshalb erwidere ich ihr unbefangenes Lächeln und falle ihr um den Hals. Sie kichert überrumpelt, schiebt mich ein Stück von sich weg und rümpft übertrieben die Nase.

„Ich freue mich genauso sehr wie du, glaub mir. Aber ich denke, bevor wir das feiern, solltet ihr zwei ein Bad nehmen."

„Scheiße, ja. Das sollten wir!", ruft Paddy und wenn da bis eben noch ein wenig Skepsis vorhanden war, ist diese nun wie weggeblasen.

Nachdem ich die Badezimmertür hinter mir geschlossen habe, bleibe ich einen Moment stehen und genieße den Anblick, der sich mir bietet. Wenn man ignoriert, dass das Wasser nicht direkt aus der Leitung kam, sondern mühsam in mehreren Gängen aus Kochtöpfen in die Wanne geschüttet wurde, könnte man glatt meinen, ich hätte mein altes Leben wieder.

Da schwimmt sogar Schaum auf dem Wasser. Sauberer, weißer, fluffiger Schaum. Andächtig schreite ich auf die Badewanne zu und streiche mit den Fingern durch das warme Wasser. Für ein paar Sekunden kämpfe ich mit den Tränen, dann kann mich nichts mehr halten. Ich reiße mir die schmutzigen Kleider fast vom Körper und nehme mir fest vor, sie später zu verbrennen.

Dann gleite ich in die Wanne. Ein Schauer des Behagens durchläuft mich und ich versuche gar nicht erst, den wohligen Seufzer zurückzuhalten, als ich den Kopf in den Nacken lege und die Augen schließe.

Es dauert nicht lange, da ist der Schaum verflogen und das Wasser durchzogen von Dreckschlieren.

Aber je dreckiger das Wasser wird, desto glücklicher werde ich. Und ich tauche unter, um meine Haare zu schrubben. Der Dreck der letzten Wochen löst sich allmählich und als ich die Wanne irgendwann wieder verlassen muss, weil das Wasser ausgekühlt ist, habe ich das Gefühl, ein Stück meines alten Ichs hervorgewaschen zu haben.

Dann reibe ich meine Haut mit der Creme ein, die Hedi mir hingestellt hat. Ich kann gar nicht mehr aufhören, meine Arme und mein Gesicht zu streicheln. So samtweich fühle ich mich auf einmal an.

Hedi hat mir Kleidung bereit gelegt und ich schmiege mich in die schönen Stoffe, die noch so … unverbraucht scheinen. Der Strickpullover mit den breiten, pastellfarbenen Streifen hat noch kein einziges Loch und auch die helle Jeans sieht fast aus wie neu. Am allermeisten freue ich mich aber auf die frische Unterwäsche.

Als ich vor dem Spiegel stehe und mir die nassen Haare kämme, lächele ich mir selbst zu.

Erst, als Paddy ungehalten an die Badezimmertür klopft, verlasse ich gezwungenermaßen dieses kleine Paradies.

In der Tür begegnen wir uns und Paddy stockt in der Bewegung, als er mich sieht. Ich lächele, als ich seinen verdutzten Blick bemerke.

„Tadaa", sage ich leicht verunsichert und deute an mir hinunter. „Darf ich vorstellen? Die frühere Hülya."

Ein Lächeln zuckt über sein Gesicht, dann neigt er leicht den Kopf und nickt anerkennend. „Freut mich, dich kennenzulernen."

Als Hedi mich sieht, klatscht sie begeistert in die Hände. „Wahnsinn! Du siehst toll aus. Fühlst du dich gut?"

„Ja", antworte ich glücklich. „Um ehrlich zu sein war ich seit Jahren nicht mehr so sauber."

Sie zupft an meinem Pulli und spitzt nachdenklich die Lippen. „Die Sachen sind dir etwas zu groß. Ich stricke dir die Tage etwas Neues, Passendes."

„Das hast du selbst gemacht?", frage ich und blicke bewundernd an mir herab.

„Ja. Ich hab mir in den letzten Jahren Stricken, Häkeln und Nähen beigebracht. Nähen aber leider nur mit der Hand, weil wir ja keinen Strom für eine Maschine haben. Und noch keine mit Handbetrieb gefunden haben. Manchmal bringt Papa alte Kleidungsstücke von seinen Touren mit, die ich dann auseinandernehme und neu zusammensetze. Irgendwann wollen wir uns Schafe anschaffen und ihre Wolle verarbeiten." Als sie meinen verdutzten Blick bemerkt, winkt sie leise lachend ab. „Das ist aber noch lange hin. Bis dahin nehme ich die industrielle."

Ich komme aus dem Staunen gar nicht mehr heraus. Ich weiß nicht, wann ich das letzte Mal einen so positiven und zukunftsorientierten Menschen wie Hedi getroffen habe. Das erste Mal seit Langem höre ich jemanden Pläne schmieden, ganz abseits von Infizierten und Aliens. Und es gefällt mir gut. Ihre Zuversicht ist ansteckend. Fast könnte man vergessen, welche Gefahren dort draußen lauern.

„Komm, setz dich zu uns", fordert Hedi mich auf und schiebt mich in Richtung der Couch, auf der bereits ihr Bruder sitzt. Auch Heini hat sich vor der

Couch niedergelassen und liegt dort, als hätte er niemals woanders hingehört.

Theo hebt den Blick aus einem Buch, als ich mich neben ihn setze und nickt mir scheu zu. Im Gegensatz zu seiner Schwester scheint er ein eher stiller Mensch zu sein. Ansonsten kann er die Verwandtschaft zu seiner Schwester allerdings nicht leugnen. Dieselben intensiv blauen Augen und die seidigen blonden Haare. Seine Haare fallen links und rechts seiner Augenbrauen herab, sodass sie die Spitzen seiner Ohren verdecken, die Stirn aber freilassen. Er ist der erste Kerl, den ich treffe, bei dem ein Mittelscheitel nicht lächerlich, sondern attraktiv aussieht.

Ein wenig erinnert er mich an Chris und ich fühle mich plötzlich unglaublich schlecht, weil ich hier sitze, während er irgendwo dort draußen herumläuft. Aber unsere ganzen Erlebnisse kommen mir plötzlich so surreal vor. Als würde das außerirdische Virus, dass die Menschheit vernichtet, hier überhaupt nicht existieren.

„Möchtest du etwas zu knabbern?", fragt Hedi und stellt eine Schüssel mit Keksen vor mir ab. Mir fallen beinahe die Augen heraus. Kekse? Ich schaue sie ungläubig an, während sie es sich auf dem Teppich vor der Couch gemütlich macht. Sie greift in die Schüssel und reicht mir eines der Gebäckstücke.

Meine Hand greift danach, bevor mein Gehirn sein Glück überhaupt fassen kann.

„Ich weiß, was du jetzt denkst", sagt Hülya und nimmt sich selbst auch noch einen.

„Ach ja?", frage ich und starre wie gebannt auf den Cookie in meiner Hand. Es ist seltsam, aber ich habe das Bedürfnis, ihn in meine Hosentasche zu stecken, um ihn für härtere Zeiten aufzubewahren.

Stattdessen führe ich ihn langsam an meine Lippen und schließe kurz die Augen, als ein Schokodrop auf meiner Unterlippe schmilzt und ich sie genüsslich in den Mund sauge.

„Du musst wissen, dass es uns auch nicht immer so gut ging. Wir haben das erste Jahr nach Ausbruch des Virus in einem Lager gelebt." Sie senkt den Blick auf ihre Knie und streicht einen Krümel von ihrer Jeans. „Das war echt nicht schön."

Ich bemerke, dass Theo sich nicht mehr auf sein Buch konzentriert, sondern nun seine Schwester betrachtet, deren Stimme plötzlich belegt klingt.

Sie holt tief Luft und ich wappne mich für ihre eigene schlimme Erfahrung, doch dann zaubert sie wieder ein Lächeln in ihr Gesicht schaut zu mir auf und sagt: „Aber dann hat Papa uns drei da raus gebracht und wir haben diese Hütte gefunden und uns das alles aufgebaut. Es war nicht leicht und ehrlich, es gibt nicht jeden Abend Kekse. Die haben wir uns für besondere Momente aufbewahrt."

Theo hebt sein Buch wieder an und liest weiter. Ich weiß, dass Hedi mir etwas Wichtiges aus ihrer Vergangenheit verschweigt. Mir ist sehr wohl aufgefallen, dass hier eine Person fehlt. Aber ich frage sie nicht danach. Genauso wenig wie sie mich nach meinen Eltern fragt.

„Oh!", ruft sie plötzlich und springt auf. „Paddys Wasser!" Sie hastet zum Feuerofen, der auch gleichzeitig als Herd dient und zieht den Topf mit dem kochenden Wasser von der Platte.

„Ich bringe ihm das mal", sagt sie und balanciert den übervollen Topf in Richtung Badezimmer.

Ich knabbere weiter an meinem Keks und versuche, so leise wie möglich zu kauen, um Theo nicht zu stören. Unauffällig werfe ich einen Blick auf sein Buch. *Unten am Fluss* lautet der Titel. Ich kann mich vage an einen Film erinnern, der so hieß.

„Ist das die grausame Geschichte mit den Kaninchen?", frage ich und halte ihn nun doch vom Lesen ab. Er hebt den Blick und wirkt einen Moment, als wäre er noch nicht ganz in der realen Welt angekommen.

Dann folgt er meinem Blick auf das Buch und nickt schließlich. „Ja, genau."

„Mein Vater hat mir damals verboten, den Film zu sehen, weil er zu blutig war. Ich hab es aber trotzdem heimlich gemacht und dann nachts von Zombiekaninchen geträumt."

Theo schmunzelt leicht. „Und jetzt wünschen wir uns, es wären nur Kaninchen."

Bevor ich etwas erwidern kann, ertönt ein Schrei aus dem Bad und sowohl Theo als auch ich sind sofort auf den Beinen. Mein Herz setzt einen Schlag aus, als die Tür sich öffnet und Hedi mit hochrotem Kopf hervorgestürmt kommt.

Theo drängt sich an mir vorbei. „Was ist passiert?" Mir entgeht nicht, dass er sich bereits im Laufen ein Messer von der Kommode neben der Haustür gegriffen hat.

Hedi schnappt mehrmals nach Luft und deutet dann nur auf die offene Badezimmertür. Im Türrahmen steht Paddy mit nassem Oberkörper, ein Handtuch um die Hüften geschlungen und hebt irritiert die Arme an. „Ich wusste ja nicht, dass du noch einmal rein kommst."

Hedi schlägt sich die Hände vor das Gesicht. „Den Anblick vergesse ich nie mehr."

175

Theos angespannte Körperhaltung lockert sich wieder und er kratzt sich mit der Messerspitze am Kopf. „Wolltest du etwa in dem Dreckwasser baden?"

Wieder hebt Paddy die Arme. „Das ist besser als alles, was ich in den letzten Jahren hatte."

Theo lacht leise und auch ich habe mich endlich von dem Schrecken erholt, den Hedis Schrei mir eingejagt hat.

„Ich mache das schon", meint Theo und legt seiner kleinen Schwester eine Hand auf die Schulter. „Setz dich."

Später am Abend, als Hedis und Theos Vater, Markus, von den Kühen zurück ist, öffnet Hedi zwei Dosen Ravioli und erwärmt sie auf dem Herd. Wir sitzen um den Tisch herum, Paddy auf einem umgedrehten Holzfass, weil kein Stuhl mehr übrig war, und genießen diese eigentlich so einfache Mahlzeit. Fünf Kerzen spenden uns flackerndes Licht und lassen ein Gefühl von Weihnachten aufkommen.

Die Teigtaschen zergehen mir auf der Zunge und ich versuche, sie solange wie möglich im Mund zu behalten, bevor ich sie hinunterschlucke. Einfach, um den Geschmack der Tomatensoße voll auszukosten.

„Also, eure Freunde", sagt Markus und lenkt meine Aufmerksamkeit von meinem Teller auf sich. „Was ist mit denen passiert? Warum habt ihr sie verloren?"

Paddy und ich schauen uns über den Tisch hinweg an und ich sehe in seinen Augen denselben Gedanken stehen, den auch ich habe. Wir werden ihnen nichts von den Aliens erzählen. Das würde sie nur wieder gegen uns aufbringen. Also wähle ich die einfachere Variante.

„Wir wurden getrennt, als ein paar Infizierte uns angegriffen haben. Wir wissen nicht, ob sie noch leben."

„Infizierte", wiederholt er nickend. „So nennt ihr sie also."

„Und ihr?", fragt Paddy mit vollem Mund.

Theo dagegen nimmt erst einen Schluck Wasser, bevor er ruhig antwortet: „Zombies, Mutanten, Untote…"

„Ich hatte irgendwie immer ein wenig Hemmungen, sie so zu nennen", gebe ich zu.

Theo sieht mir direkt in die Augen. „Wieso? Hätte das irgendetwas verändert?"

Ich schüttele den Kopf und piekse die letzte Teigtasche auf die Gabel. „Nein, wohl eher nicht."

„Wie auch immer", meint Markus und räuspert sich vernehmlich. „Ich weiß, wir hatten keinen guten Start, aber ich denke, wenn wir uns zusammenraufen, wird es ganz gut klappen. Ich möchte euch nur vorwarnen: Das hier ist kein für immer. Sollten die Lebensmittel knapp werden oder das Leben meiner Kinder wegen euch aus irgendeinem anderen Grund gefährdet sein, werdet ihr ohne zu murren gehen. Verstanden?"

Paddy und ich nicken. Immer noch frage ich mich, wieso Markus es sich überhaupt anders überlegt hat. Es fällt mir schwer zu glauben, dass er es aus reiner Herzensgüte getan hat.

„Ihr könnt euer Lager auf der Couch und dem Teppich beziehen. Ich gebe euch nachher noch ein paar Decken. Etwas Besseres kann ich euch leider

177

nicht anbieten. Da die Betten oben schon von meinen Kindern und mir belegt sind."

„Wir brauchen nichts Besseres", versichere ich
ihm schnell. Und das stimmt ja auch. Alleine die
Aussicht, auf dem Teppich schlafen zu dürfen,
stimmt mich glücklich.

KAPITEL 28

RAIK

Es geht bergab. Leider nicht das Gelände. Nur mit meiner Gesundheit. Ich kann geradezu fühlen, wie die Lebensenergie aus mir herausfließt.

Inzwischen sehe ich wenigstens wieder etwas und die Sonne geht allmählich auf, was bedeutet, dass ich die schlimmste Zeit der Nacht überstanden habe. Aber wie lange kann ich noch durchhalten? Wie lange wird es dauern, bis ich zusammenbreche?

Humpelnd schleppe ich mich voran. Ich habe die Orientierung verloren. Längst weiß ich nicht mehr, aus welcher Richtung ich gekommen bin. Wenn ich Pech habe, lande ich gleich wieder am Ausgangspunkt. Aber ich kann mich kaum genügend konzentrieren, um herauszufinden, ob ich nach Norden, Osten, Süden oder Westen laufe. Wenn ich stehen bleibe und versuche, einen Punkt zu fixieren, dreht er sich vor meinen Augen.

Also laufe ich einfach weiter. Immer weiter. Etwas anderes kann ich nicht tun. Laufen, laufen, laufen. Nur nicht stehen bleiben. Nicht über meine beschissene Situation nachdenken.

Und dann stürze ich plötzlich. Um mich herum ertönt ein höllischer Krach. Als würde jemand Musik auf einer Blechtrommel machen. Der Boden bricht unter mir weg und ich falle, rolle, rutsche. Vollkommen erschöpft bleibe ich liegen und starre in den Himmel, der durch die spitzen Äste der Nadelbäume über mir blitzt. Er schwankt von links nach rechts und wieder zurück. Oder schwanke ich? Schwankt die Welt? Ist es jetzt vorbei?

Eine halbe Ewigkeit liege ich so da. Zeit ist nicht mehr wichtig. Mein Bein fühlt sich heiß an und tonnenschwer. Ich hatte mir immer einen schnellen Tod gewünscht. Nicht so quälend. Vor allem nicht so jämmerlich. Und doch liege ich jetzt hier und um mich herum nur ... ich wende den Kopf und blinzele ein paar Mal ... Zelte?

Ich beiße die Zähne aufeinander und verwende all meine Kraft darauf, mich aufzurichten. Tatsächlich. Zelte. Ein erkaltetes Lagerfeuer.

Keuchend zwinge ich mich auf alle Viere und versuche, die Welt anzuhalten, die sich immer noch dreht.

Menschliche Spuren. Ich kann jetzt nicht darüber nachdenken, ob diese Menschen mir gut gesinnt sind oder nicht. Ich brauche Hilfe. Und zwar so schnell wie möglich.

„Hallo?", rufe ich in die Stille. Ich brauche drei Anläufe, bis ich es wieder auf die Füße schaffe. Stolpernd und schwankend bewege ich mich auf das nächste Zelt zu. Ich krache fast hinein, bei dem Versuch, mich daran festzuhalten.

„Hallo?", frage ich noch einmal. „Ich bin verletzt. Ich brauche Hilfe. Ist da jemand?"

Nichts. Natürlich nicht. Wäre ja auch zu schön, wenn ich einmal Glück gehabt hätte. Mein Blick

180

sinkt auf meine Hand, mit der ich mich an der Zeltstange festhalte und erfasst nun auch die Details.

Blut. Überall Blut. Es ist bereits getrocknet, nicht mehr frisch. Aber ein eindeutiges, überaus schlechtes Zeichen.

Die Erleichterung, die ich eben noch über meinen Fund gespürt habe, macht der altbekannten Angst Platz.

Ich falle fast um, als ich versuche, meine Umgebung genauer zu betrachten. Es sind insgesamt vier Zelte. Manche sind weniger beschädigt, als andere. Aber ausnahmslos alle scheinen verlassen zu sein.

Außer mir entdecke ich niemanden in dieser Grube. Ein wenig erleichtert humpele ich weiter in die Mitte des Platzes. Wenigstens muss ich die nächste Nacht nicht unter freiem Himmel verbringen. Wobei ich nicht weiß, ob mich das in ein paar Stunden noch interessiert.

Stöhnend lasse ich mich auf einem der Holzklötze bei der Feuerstelle nieder und hole die Wasserflasche aus meinem Rucksack, um etwas zu trinken. Als ich noch zwei Paracetamol gegen den Schmerz schlucken will, fällt mein Blick auf den Holzklotz neben meinem. Da in das Holz ist etwas eingeritzt. Ich beuge mich ein Stück vor, um es besser lesen zu können und mein Herz schlägt schneller.

PADDY was here.

+ Hülxa

KAPITEL 29
HÜLYA

Es ist das erste Mal seit Langem, dass ich nicht von spitzen Tannennadeln, lärmenden Vögeln oder Regen geweckt werde, sondern von Hedis melodischer Stimme.

„Aufwachen, ihr zwei. Ich habe Tee gekocht."

Tee. Richtiger Tee. Nicht Löwenzahn oder Brennnessel oder sonst irgendein Unkraut. Ich rieche den Duft von Früchtetee. Auch davon haben sie also einen Vorrat angelegt. Offensichtlich sind wir bei der bestorganisiertesten Familie der Welt gelandet. Einmal im Leben muss man ja auch mal Glück haben.

Hedi schafft es sogar, Paddy aus seinem komaähnlichen Schlaf zu wecken. Mit großen Augen sitzen wir kurze Zeit später am Esstisch. Mir läuft das Wasser im Mund zusammen, als ich Spiegeleier, die Kuhmilch und den Tee sehe. Theo holt noch Trockenfleisch aus dem Schrank. Etwas, das ich früher niemals angerührt hätte, das mir nun aber so gut schmeckt, als wäre es frisch geschlachtet und gebraten.

Markus beobachtet uns gelassen, während wir so viel Essen wie nur möglich in uns hineinstopfen. Zurückhaltung ist nicht mehr unbedingt unsere Stärke. Schließlich nimmt er noch einen Schluck von seinem Tee und sagt dann: „Theo wird euch gleich die Weide zeigen. Ihr könnt ihm beim Melken helfen. Danach treffen wir uns auf dem Feld."

„Ich kann immer noch nicht ganz glauben, dass wir so dicht dran waren", murmele ich verblüfft. „Ich dachte, dieser Wald endet niemals."

Hedi lacht leise. „Das erinnert mich an den Witz, bei dem Dick und Doof über 100 Mauern klettern und bei der neunundneunzigsten umkehren, weil es ihnen zu weit ist."

Ich nicke. „Ja, so ungefähr haben wir uns gefühlt."

Tatsächlich laufen wir schon noch ein ganzes Stück durch den Wald, bis wir dessen Ende erreicht haben. Aber als es dann endlich soweit ist, bleibe ich überwältigt stehen. Vor uns breiten sich große Flächen Weideland aus. Ein Bach plätschert dazwischen entlang. In leichten Hügeln steigen die Wiesen an und auf einem davon grasen fünf schwarzweiß gefleckte Kühe.

„Ich fasse es nicht", flüstert Paddy neben mir.

Nach mehreren Tagen im Wald fühlen wir uns wie in einer neuen Welt. Selbst das Wetter passt sich dieser perfekten Umgebung an und zeigt sich von seiner besten Seite.

Unsere Freude wird allerdings schnell gedämpft, als Theo warnend einen Arm ausstreckt.

„Wartet. Ihr müsst euch immer erst aufmerksam umschauen, bevor ihr die offene Fläche betretet. Es kommt leider nicht selten vor, dass sich hinter den Hügeln Mutanten verbergen."

Er zieht das Gewehr aus der Halterung auf seinem Rücken und entlädt es, während er die Umgebung genau in Augenschein nimmt. Paddy und ich sehen uns ebenfalls um, können allerdings nichts entdecken.

„Also gut", sagt Theo und nickt uns, ihm zu folgen. Wir laufen zügig über die Wiesen, die zu dieser Jahreszeit noch nicht allzu hoch gewachsen sind. Früher hätte ich mir Sorgen um Zecken gemacht, jetzt suche ich mit den Augen immer wieder die Hügelketten und den Waldrand nach Infizierten ab.

Als die Kühe uns bemerken, heben sie nur kurz unbeeindruckt die Köpfe und grasen gleich darauf in Ruhe weiter. Sie haben offensichtlich keine Angst vor fleischfressenden Menschen. Ist für sie ja auch nichts Neues.

Theo deutet auf den Melkschemel, der an einem Seil über meiner Schulter baumelt. Ich reiche ihn ihm und er zeigt mir, wie ich ihn umbinden muss. Der Melkschemel hat nur einen Fuß und es ist gar nicht so einfach auf dem weichen Untergrund das Gleichgewicht damit zu halten.

Mit geübten Handgriffen bindet Theo ein Seil um den Kopf der Kuh, das als provisorisches Halfter dienen soll, dann reicht er es Paddy. „Halt sie gut fest."

Paddy macht große Augen, als er dem riesigen Tier gegenübersteht und tätschelt ihm unbeholfen die Stirn. Theo hockt sich neben mich und legt meine Hände an die Zitzen.

„Drücken und ziehen", weist er mich an und mit seiner Hilfe schaffe ich es tatsächlich ein paar Spritzer Milch in den Eimer zu bekommen.

185

Begeistert lache ich auf. „Das ist ja der Hammer! Guck mal, Paddy. Ich mache meine eigene Milch."

„Wo sind die braunen Kühe?", will Paddy wissen. „Ich hätte Lust auf einen Kakao."

Als Theo ungläubig aufschaut, schüttele ich den Kopf und verdrehe die Augen. „Hör nicht auf ihn. Wenn er keine blöden Witze reißen kann, platzt er irgendwann."

Die Zeit verfliegt, während wir mit den beiden Eimern von einer zur nächsten Kuh laufen, bis sie fast randvoll gefüllt sind.

„Okay, das reicht", meint Theo. Lasst uns zurückgehen.

Ich hopse den Hügel fast wieder hinunter, so gut bin ich drauf. Das Leben hier ist wundervoll. Fast, als hätte es das Virus nie... Bevor ich den Gedanken zu Ende führen kann, stoße ich mit dem Fuß gegen ein weiches Hindernis, schlage beinahe einen Purzelbaum und kugele den Rest des Hanges hinab, bis ich kurz vor einem Bachlauf liegen bleibe. Der Eimer, den ich getragen habe, liegt leer neben mir. Die Milch durchtränkt mein Shirt.

„Alles okay?", ruft Theo mir nach. Ich rappele mich auf und streiche mir die Haare aus dem Gesicht. „Ja, alles in Ordnung. Aber die Milch ist ausgelaufen. Ich bin über irgendetwas gestolpert."

„Ja, eine Leiche", bestätigt Theo gelassen. Er macht einen großen Schritt über die dunkle Unebenheit, die ich erst jetzt bemerke und balanciert seinen eigenen Milcheimer sicher darüber hinweg.

Paddy stupst den toten Körper mit der Zehenspitze an, die Hand an seiner Waffe. Dann nickt er zufrieden und schließt zu uns auf.

„Tut mir leid", entschuldigt sich Theo. „Ich hatte gestern keine Zeit mehr, den Kadaver zu entsorgen. Normalerweise räume ich sie immer sofort weg."

„Weg?", frage ich. „Wohin?"

„Das zeige ich euch gleich. Lasst uns erst die übrige Milch wegbringen."

Kurze Zeit später stehen wir wieder auf der Wiese und gemeinsam heben wir den toten Körper an. Die Leichenstarre hat bereits wieder nachgelassen, weshalb mir der rechte Arm des Mannes immer wieder unangenehm gegen den Oberschenkel schaukelt. Ich versuche zu ignorieren, dass sein offener Mund gefährlich nahe an meinem Arm liegt.

„Meine Güte, stinkt das Vieh", bringt Paddy würgend hervor, während er unsanft am linken Bein des Toten zerrt.

„Paddy!"

„Was denn?", fragt er und sieht mich verständnislos an.

„Sprich nicht so von ihm. Dieser Mann war mal genauso lebendig wie du."

Paddy verzieht das Gesicht. „Ja, das ist aber schon eine ganze Weile her."

Theo lenkt uns von der Wiese weg in ein anderes Waldstück. Wir laufen ziemlich weit und müssen den Leichnam immer wieder ablegen, um unsere Arme auszuschütteln. Dann erreichen wir endlich den Ort, an dem Theo und Markus die Toten entsorgen.

Entsetzt halte ich inne und starre eine ganze Weile in die riesige Grube, in der bereits ein Dutzend weiterer Leichen liegen. Der Gestank ist kaum auszuhalten und ich muss ein Würgen unterdrücken. Fliegen summen in Scharen über den verwesenden

Körpern, deren Gliedmaßen teilweise so stark verdreht sind, dass man sie kaum noch zuordnen kann.

„Atme durch den Mund", rät mir Theo, dann beginnt er den schlaffen Körper zwischen uns hin und her zu schwingen.

„Eins! Zwei! Drei!", ruft er und bei Drei lassen wir alle gleichzeitig los. Mit einem dumpfen Schlag kommt der leblose Körper in der Leichengrube an, rutscht ein Stück an den anderen Toten herab und bleibt schließlich in einer Kuhle hängen. Aus matten Augen starrt er zu mir herauf.

Mir wird plötzlich ganz anders. Ich presse mir den Handrücken vor Mund und Nase und wende mich schnell von der Grube ab.

Theo klopft mir auf die Schulter. „Kommt. Lasst uns gehen. Es gibt bald Mittagessen."

Kaum hat er das Wort ausgesprochen, beugt Paddy sich vornüber und übergibt sich in einem großen Schwall auf den Waldboden.

„Scheiße", murmelt er, spuckt noch einmal hinterher und wischt sich anschließend mit dem Ärmel über den Mund.

Theo zuckt mit den Schultern. „Man gewöhnt sich dran."

KAPITEL 30
RAIK

Mit den Fingerspitzen fahre ich über die feinen Ritze im Holz. Die Spuren sind noch frisch. Vielleicht zwei Tage alt. Vor nicht allzu langer Zeit waren Paddy und Hülya hier. Diese Erkenntnis gibt mir neue Hoffnung und ich schöpfe wieder Kraft.

Ich kann jetzt keine Pause machen. Jede Pause vergrößert ihren Vorsprung.

Zwar schmerzt mein ganzer Körper, aber ich zwinge mich den Hang wieder hinauf und sehe jetzt auch den Grund für den Krach vorhin. Blechdosen, die in den Bäumen und an einem provisorisch gebauten Zaun hängen. Bei dem Versuch, über den Zaun zu klettern, reiße ich ihn nieder und verursache dadurch noch einmal Lärm. Ich kann nur hoffen, dass kein Infizierter in der Nähe ist.

Ich richte mich wieder auf und sehe mich um. Ich muss mich jetzt zusammenreißen und die Zeichen deuten. In welche Richtung könnten sie gegangen sein? Konzentriert suche ich den Boden und die umliegenden Bäume nach Spuren ab und tatsächlich finde ich hin und wieder Fußabdrücke. Der weiche und teilweise vom letzten Regen noch schlammige Boden ist endlich mal ein Vorteil für mich.

Aber ich komme nur langsam voran. Immer wieder muss ich anhalten und meinem entzündeten Bein eine Pause gönnen. Inzwischen zieht sich ein deutlich sichtbarer roter Strich von meinem Oberschenkel aus mein Becken hinauf.

Bei meiner nächsten Pause werfe ich noch einmal zwei Paracetamol ein, die letzten, und trinke in großen Schlucken aus meiner Wasserflasche. Als ich sie wieder sinken lasse, höre ich etwas rascheln.

Alarmiert ziehe ich mich an dem Baumstamm hoch, an dem ich gerade noch saß und sehe mich um.

Aus dem Gebüsch links von mir springen drei kleine Frischlinge. Zuerst durchflutet mich Erleichterung und ein Lächeln huscht über meine Lippen, als ich die niedlichen Tierchen beobachte.

Dann sickert die Erkenntnis in mein nur noch langsam arbeitendes Hirn. Wo Frischlinge sind, kann die Bache nicht weit sein. Schnell versuche ich, so viel Abstand wie möglich zwischen die Kleinen und mich zu bringen. Ich stolpere rückwärts durch den Wald, lasse die Tiere dabei nicht aus den Augen.

Aber noch bevor ich entkommen kann, tritt die Mutter aus den Büschen hervor. Sofort hat sie mich im Blick und zuckt ein paar Mal mit dem Kopf in meine Richtung. Dabei schnaubt sie immer wieder. Ein deutliches Warnsignal.

In meinem Kopf versuche ich mich verzweifelt daran zu erinnern, was Nor mir über Wildschweine beigebracht hat. Einer Bache mit Frischlingen und paarungsbereiten Keilern sollte man stets aus dem Weg gehen. Aber für diesen Tipp ist es jetzt zu spät.

Ich müsste irgendwo hinaufklettern. Aber meine Kraft reicht dafür nicht aus und die Bäume hier sind zum Klettern denkbar ungeeignet. Die Astvergabelungen beginnen erst in mehreren Metern Höhe.

Langsam bewege ich mich weiter zurück, um dem Muttertier zu zeigen, dass ich keine Gefahr für ihre Jungen darstelle. Da ertönt plötzlich hinter mir ebenfalls ein Schnauben. Ich drehe mich um und entdecke eine weitere Bache unmittelbar vor mir. Sie hat den Kopf hoch erhoben und ihr Schnauben geht allmählich in ein tiefes Grunzen über. Sie ist viel größer, als das Tier bei den Frischlingen und wiegt bestimmt 150 kg.

Allmählich wird mir bewusst, dass das erste ausgewachsene Tier gar nicht die Mutter war. Vermutlich handelt es sich um eine ältere Schwester oder Tante. Das hier, das ist die Mutter. Und ich stehe genau zwischen ihr und ihren Babys.

Das Herz schlägt mir bis zum Hals, als ich eine neue Richtung einschlage und mich rückwärtsgehend von der Bache entferne. Sie macht einen drohenden Schritt nach vorne und ich stolpere fast vor Schreck.

Sie mag nicht ganz so furchteinflößend aussehen wie ein Infizierter. Aber ich weiß, dass sie mich genauso leicht töten kann. Gerade jetzt, wo ich sowieso schon angeschlagen bin.

Ich kann nicht vor ihr flüchten, dafür habe ich nicht mehr genug Energie. Alles, was ich tun kann, ist ihr zu zeigen, dass ich keine Gefahr darstelle. Doch ich scheine nicht besonders überzeugend zu wirken, denn sie folgt mir Schritt für Schritt.

Gerade, als ich überlege, ob es Sinn macht, beruhigend auf sie einzureden, knackt es ein weiteres Mal im Gebüsch. Ich wage es kaum, den Blick von der wütenden Bache abzuwenden, tue es dann aber doch. Im letzten Augenblick kann ich so der infizierten Frau ausweichen, die auf mich zuwankt.

Ich vergesse jede Vorsicht und fluche laut: „Ach, verdammte Scheiße! Ist das euer Ernst?"

So schnell ich kann, humpele ich von der Infizierten weg und habe nun nicht nur sie, sondern auch das Wildschwein im Nacken. Die plötzliche Belastung fordert ihren Tribut. Es dauert nicht lange und ich sehe Sternchen vor den Augen. Wenn ich jetzt umkippe, dann war es das. Dann kann mich nicht einmal mehr ein Wunder retten.

Aber gerade als ich denke, es ist vorbei, geschieht dieses Wunder. Aus dem Augenwinkel bekomme ich mit, wie die Bache die Infizierte von den Beinen reißt. Das Wildschwein ist wie rasend und stürzt sich immer wieder auf die Frau.

Für einen Moment vergesse ich meine Flucht und bleibe stehen. Es ist seltsam zu sehen, wie unbeeindruckt die Infizierte von dem Wildschweinangriff ist. Obwohl ihr gerade mehrere Rippen auf einmal gebrochen werden, robbt sie immer weiter. Sie zieht sich mit den Armen voran, den Mund weit aufgerissen, als glaubte sie, mich jeden Moment beißen zu können. Und wenn ich mich nicht langsam mal von der Stelle bewege, kann sie das auch.

Endlich schaffe ich es, mich von dem skurrilen Anblick loszureißen und stolpere davon.

Hülyas und Paddys Spuren habe ich dabei vollkommen aus den Augen verloren.

KAPITEL 31
HÜLYA

Zu Mittag essen wir trotzdem. Ich glaube, uns kann nichts mehr so sehr schocken, dass wir deshalb nichts essen. Tief in mir schlummert immer noch die Sorge, dass jede Mahlzeit meine letzte sein könnte.

Aber seit der Leichengrube sehe ich Theo und Markus in einem anderen Licht. Sie sind viel abgebrühter als ich gedacht hatte. Und vielleicht ist genau das ihr Geheimnis zum Erfolg. Sie nehmen die Situation wie sie ist und machen das Beste daraus.

Ob Hedi überhaupt von der Grube weiß, geschweige denn sie jemals gesehen hat, wage ich zu bezweifeln. Sie ist wie ein unschuldiges Lämmchen. Ihr Vater und ihr Bruder halten sie von jedem Unheil fern. Mir gefällt das nicht. Es ist nett gemeint, bewirkt aber das genaue Gegenteil. Wenn sie einem Infizierten gegenüberstehen würde, wüsste sie wahrscheinlich nicht einmal, was zu tun ist. Sie wäre so ein leichtes Opfer.

Vermutlich verlässt sie die Hütte deshalb so selten. Wenn sie raus geht, dann nur gemeinsam mit Markus oder Theo. Die beiden sind stets in ihrer Nähe. Auch, als wir nachmittags zum Feld laufen. Das Feld ist eigentlich nur eine kleine Ecke eines ehemaligen Kartoffelackers. Dort hat die Familie Zwiebeln, Gurken, Radieschen, Kartoffeln, Tomaten und verschiedene Kräuter gepflanzt.

In einem Pferch neben dem Acker picken zwölf Hühner und ein Hahn nach Körnern.

Besonders stolz ist Hedi auf die Erdbeeren.

„Sieh mal", ruft sie begeistert aus. „Da kommen bald schon welche." Sie hebt eine der Plastiktüten an, die wohl als provisorisches Gewächshaus dienen sollen. Ich hocke mich zu ihr hinunter und nicke.

„Tatsächlich." Vorsichtig berühre ich eine der Blüten mit den Fingern. Mir läuft schon jetzt das Wasser im Mund zusammen, wenn ich an die Beeren denke, die dort bald hängen werden.

„Komm, hilf mir, die Erde hier vorne ein bisschen aufzulockern", sagt Hedi und winkt mich ein Stück weiter. „Und wenn du Unkraut siehst, zupf es direkt raus."

Während Hedi und ich dem Unkraut den Gar ausmachen, hilft Paddy Markus und Theo dabei, einen Schneckenschutz um die kleinen Salatpflänzchen zu errichten.

„Die Mistviecher haben uns im letzten Jahr fast alles weggefressen", murrt Markus.

Theo nickt. „Und wenn die es nicht sind, dann kommen die Kaninchen oder die Rehe. Aber die können wir wenigstens noch schießen und essen."

„Fleisch ist mir sowieso viel lieber als Grünzeug", meint Paddy und kickt eine Nacktschnecke weg, die sich ganz dreist um den Zaun schlängeln will.

„Im Schloss hatten wir auch ein Gemüsebeet", erzähle ich. „Und die Mauer war ein wunderbarer Schutz. Da haben es tatsächlich nur ein paar Schnecken an den Salat geschafft."

Hedi nickt. Bevor wir gestern Abend zu Bett gegangen sind, habe ich ihr noch vom Schloss und der alten Gruppe erzählt. Ein paar Einzelheiten habe ich ausgelassen oder abgeändert, damit sie keine Angst bekommt. Den Grund für meine Flucht aus dem Schluss kennt sie deshalb noch nicht und nun sehe ich in ihren Augen, wie diese Wissenslücke an ihr zu nagen beginnt.

Aber wie könnte ich ihr davon erzählen, ohne auch Raik, den Mord an Helen und seine geplante Hinrichtung zu erwähnen? Früher oder später käme ich dann auch nicht mehr drum herum ihr von seiner Besessenheit zu erzählen. Und dann wäre alles vorbei.

Deshalb beiße ich mir auch jetzt auf die Lippe und lenke das Thema lieber wieder auf etwas anderes.

„Was sind denn eure Pläne für die nächsten Jahre? Von den Schafen hat Hedi mir ja schon erzählt."

Markus richtet sich auf, wobei er sichtlich mit seinem Rücken zu kämpfen hat. „Vor Wintereinbruch müssen wir auf jeden Fall noch einen Stall für die Kühe bauen. Und ich wollte noch ein paar Bäume rund um die Hütte fällen. Einmal für das nötige Brennholz, aber auch, damit wir den Garten in der Nähe errichten können und nicht immer so weit laufen müssen." Er schaut sich aufmerksam um. „Jede Minute, die wir hier draußen verbringen, ist eine zu viel."

Theo stützt einen Arm auf seinem Oberschenkel ab und ergänzt: „Außerdem wollen wir einen Zaun in einem größeren Areal um die Hütte herum errichten. Damit die Mutanten nicht direkt bis vor unsere Haustür laufen können. Das Holz dafür haben wir

195

zum Teil schon vorbereitet. Es ist allerdings etwas mühsam, weil wir keine Kettensäge benutzen können. Wir müssen also alles von Hand schlagen und sägen."

„Na ja, jetzt haben wir ja ein paar helfende Hände mehr", bemerkt Markus zufrieden lächelnd und allmählich wird mir der Grund für seine plötzliche Gastfreundschaft klar. Offensichtlich sind wir zusätzliche Arbeitskräfte. Und unsere Bezahlung sind Kost und Logis. Aber noch nie war ich so froh, für einen Hungerlohn arbeiten zu können. Für Essen und ein Dach über dem Kopf würde ich vielleicht nicht alles tun, aber doch sehr vieles.

Abends lasse ich mich vollkommen erschöpft auf die alte Couch fallen. Paddy und ich haben uns darauf geeinigt, abwechselnd darauf zu schlafen. Natürlich hat er sich die erste Nacht unter den Nagel gerissen. Aber nun ist meine Zeit gekommen.

Wohlig seufzend lege ich die Füße hoch und genieße das weiche Gefühl der Kissen in meinem Rücken. Heini gibt einen ganz ähnlichen Laut von sich, als er sich direkt vor der Couch auf den Teppich plumpsen lässt. Wie ein Bettvorleger liegt er da und ich lasse meine Hand zu ihm hinuntersinken, um ihm sanft den Kopf zu kraulen.

Als Paddy aus dem Badezimmer zurückkommt, breitet er seine Decken auf dem Teppich aus und legt sich bäuchlings darauf.

Und gerade, als ich die Augen schließen will, um in den wohlverdienten Schlaf weg zu dämmern, schießt ein Gedanke durch meinen Kopf. Ich reiße die Augen wieder auf und starre an die Decke. Und ich weiß nicht wieso, aber Paddy scheint mein plötzliches Unbehagen zu spüren.

„Was ist?", murmelt er undeutlich in seine Armbeuge.

„Wie können wir nur, Paddy?", flüstere ich, den Blick immer noch an die Holzdecke gerichtet.

„Wie können wir nur *was*?", fragt er und öffnet ein Auge, um mich genervt anzublitzen.

„Wie können wir nur hier liegen und es uns gut gehen lassen, während unsere Freunde da draußen sterben?"

Paddy stößt ein aufgebrachtes Stöhnen aus und vergräbt das Gesicht in seinen Armbeugen. „Ist das dein Ernst?", höre ich ihn gedämpft fragen.

Ich nicke, auch wenn er das nicht sehen kann. „Und ob das mein Ernst ist. Wir sind schrecklich, Paddy. Wir sind furchtbar schreckliche Menschen. Futtern uns hier kugelrund, schlafen auf weichen Kissen und hüpfen draußen über Wiesen und Felder…"

„… und stolpern dabei über Leichen", ergänzt Paddy, aber ich ignoriere ihn und drehe mich auf die Seite, um besser auf ihn einreden zu können.

„Wir müssen etwas tun."

Eine Weile ist es still, dann stößt Paddy laut die angehaltene Luft aus und murmelt: „Ich hatte es befürchtet." Er richtet sich auf und fährt sich mit einer Hand durch die karottenroten Haare. „Und an was hattest du gedacht?"

Ich zucke mit den Schultern. „Das ist ja das Schlimme. Seit wir hier angekommen sind, habe ich keinen einzigen Gedanken mehr an die anderen verschwendet."

Ich beiße mir auf die Unterlippe, ziehe sie in den Mund und lutsche daran herum, während ich versuche, mein Gehirn anzuregen. „Wir sollten ihnen Nachrichten hinterlassen."

„Nachrichten?"

Ich nicke. „Ja, kleine Botschaften, die sie hierherführen."

Paddy wiegt den Kopf hin und her, dann schielt er zu der kleinen Luke hinauf, hinter der die Schlafkabine von Markus, Hedi und Theo liegt. Leise fragt er: „Was meinst du, was *sie* dazu sagen?"

„Es sind unsere Freunde, Paddy!", sage ich aufgebracht, aber trotzdem im Flüsterton.

Er hebt abwehrend die Hände. „Ist ja schon gut. Ich will Mila ja auch wiederfinden."

„Und Raik", ergänze ich.

„Und was, wenn Kevin und Larissa die Botschaften finden? Die will ich nicht unbedingt hier auf der Matte stehen haben. Ganz zu schweigen von Chris. Außerdem müssten wir die Nachrichten schon in einem sehr großen Radius verteilen. Wie stellst du dir das vor?"

„Im Schuppen steht doch das Motorrad", erinnere ich ihn. „Damit könnten wir an einem Tag mehr Strecke überwinden, als wir zu Fuß hierher gebraucht haben."

Paddy zieht die Oberlippe ein und lässt sie dann mit einem Ploppen wieder frei. „Aber wie willst du denen erklären, dass wir das Motorrad brauchen? Sagst du, du hast Lust auf einen Sonntagsausflug? Laut dem Kalender da ist morgen übrigens tatsächlich Sonntag."

Ich lege mich wieder auf den Rücken. „Ich sage ihnen einfach die Wahrheit. Sie werden schon Verständnis haben."

Paddys skeptisches Schnauben geht in einem Donnergrollen unter, das mir durch den ganzen Körper fährt. Ich wende den Blick zum Fenster gegen das schlagartig heftiger Regen prasselt.

„Wow", sage ich leise. „Hoffentlich sind sie alle in Sicherheit und haben ein Dach über dem Kopf."

KAPITEL 32

RAIK

Innerhalb weniger Sekunden ist meine Kleidung mit Wasser vollgesogen. Auch die dichten Tannenäste über mir bieten keinen Schutz vor dem Starkregen, der so plötzlich eingesetzt hat, dass ich nicht einmal die Chance hatte, mich nach einem geeigneten Unterschlupf umzusehen.

Die Tropfen fallen so dick und schnell, dass sie eine Geräuschkulisse erzeugen, die alles andere übertönt.

Ich kann mich nicht einmal mehr darüber aufregen. Stattdessen setze ich mich an einen Baum, strecke das verletzte Bein lang aus und lege meine Stirn auf das angezogene Knie des gesunden Beines.

Meine Kleidung klebt inzwischen an meinem Körper und ich beginne zu zittern, obwohl mir unglaublich heiß ist. Das muss das Fieber sein. Mein Körper versucht, gegen die Entzündung anzukämpfen.

Es ist bereits dunkel und ich habe es wieder nicht geschafft, mir eine Unterkunft zu bauen. Normalerweise ist das ein Leichtes für mich. Aber nun muss ich all meine Kraft darauf verwenden, überhaupt weiter voran zu kommen. Auch in dieser Nacht will ich nicht lange sitzen bleiben. Ich mache nur kurz die Augen zu, um ein wenig Schlaf zu bekommen.

Immerhin schaffe ich es noch, meine inzwischen leere Wasserflasche offen neben mich zu stellen, damit der Regen sie erneut füllen kann. Dann dämmere ich langsam weg…

Als ich aufwache, hat der neue Tag bereits begonnen. Ich höre Vögel zwitschern und ein Schmetterling flattert an mir vorbei und landet auf einem vermoderten Baumstamm in meiner Nähe.

Es kostet mich große Mühe, meine Augen offen zu halten. Ich will weiter schlafen. Einfach liegen bleiben und schlafen. Aber irgendwie schaffe ich es, mich wieder aufzurichten. Ich schwanke, als ich das verletzte Bein belaste und stoße dabei die Wasserflasche um. Der gesammelte Regen der letzten Nacht ergießt sich auf den Waldboden und sickert innerhalb weniger Sekunden darin ein.

Egal. Es ist mir egal. Mit einer Hand hangele ich mich von Baum zu Baum, stütze mich an ihren Stämmen ab und schiebe mich weiter vor.

Weiter, weiter, immer weiter. Dass ich den Rucksack inklusive Vorräten und meines Taschenmessers ebenfalls zurückgelassen habe, wird mir erst einige Zeit später bewusst. Aber auch das interessiert mich nicht mehr.

KAPITEL 33
HÜLYA

Nervös schaue ich zwischen Markus und Theo hin und her. Markus hat die Arme vor der Brust verschränkt und wippt mit einem Fuß auf und ab. Er sieht alles andere als begeistert aus. Hedi hingegen lächelt mir aufmunternd zu, nachdem sie mich nach Leibeskräften in meiner Argumentation unterstützt hat. Ich hoffe, dass ihr eingesetzter Kleinmädchencharme besser zu ihrem Vater durchdringt, als meine teilweise sehr patzige und sture Art.

„Und wo sollen die beiden dann bitte schlafen?", fragt Markus. „In der Hütte ist kein Platz mehr."

Ich will ihm gerade sagen, dass in der Hütte noch Platz für mindestens zehn Leute wäre, wenn man mal auf ein wenig Luxus verzichten würde, da springt Hedi wieder ein.

„Wir könnten ihnen einen Teil des Schuppens überlassen. Da könnte man sicherlich was Schönes draus machen, oder Theo?"

Aus großen blauen Augen sieht sie zu ihrem Bruder auf, der die Lippen aufeinander presst und versucht, stark zu bleiben. Doch schließlich hält er dem Druck ihres Blickes nicht mehr stand und seufzt ergeben. „Ja, das ginge sicherlich."

„Außerdem ist ja gar nicht garantiert, dass wir sie überhaupt finden oder sie unsere Zeichen sehen", wirft Paddy ein. „Es könnte durchaus sein, dass sie schon in einem ganz anderen Bundesland sind." Er zögert kurz und fügt hinzu: „Oder tot."

Ich schlucke bei dem Gedanken und Markus brummt: „In dem Falle wäre es reine Spritverschwendung, mit dem Motorrad loszufahren. Benzin ist kein nachwachsender Rohstoff. Ich kenne keine Tankstelle in der Nähe mehr, die noch etwas übrig hat. Die habe ich alle schon abgeklappert. Genau wie alle verlassenen Autos in der Gegend."

Ich überlege kurz, dann schlage ich vor: „Wenn wir aber ein Stück weiter fahren würden, als du zuvor. Dann könnten wir neuen Sprit besorgen."

Er lacht kühl auf. „Ich lasse euch garantiert nicht so weit mit meinem Motorrad fahren. Könnt ihr das überhaupt? Hat von euch beiden schon jemals einer auf einem Motorrad gesessen?"

Paddy zuckt mit den Schultern. „Kann ja nicht schwieriger sein als Fahrradfahren."

„Okay, das reicht", blafft Markus und schneidet uns mit einer Handbewegung jedes weitere Wort ab. „Ich lasse euch nicht fahren. Das ist zu gefährlich. Und wer verspricht mir, dass ihr nicht einfach mit meinem Motorrad abhaut?"

„Warum sollten wir das tun?", frage ich verwundert. „Es ging uns lange nicht mehr so gut wie hier."

Theo hebt vorsichtig die Hand. „Ich könnte mit einem von ihnen fahren."

Wir schauen ihn alle überrascht an. Markus runzelt die Stirn. „Ich weiß nicht, ob mir das gefällt."

„Pass auf", schlägt Theo vor. „Du bleibst mit Hedi und Paddy hier und ich fahre mit Hülya los. Sie

204

hat recht. Wir sollten uns nach neuem Sprit umschauen und bei der Gelegenheit können wir auch
Zeichen für ihre Freunde hinterlassen."

„Aber was, wenn nicht nur ihre Freunde uns auf
die Fährte kommen? Was, wenn wir sämtliche Streuner in der Umgebung anlocken?"

„Wir könnten Kürzel verwenden, die nur Mila
und Raik etwas sagen", überlege ich. „Vielleicht
Paddys und meine Initialen. HP."

„Und mal ehrlich", meint Paddy. „Wie vielen le-
benden Menschen außer uns seid ihr in den letzten
Jahren begegnet?"

Markus pustet die angehaltene Luft durch die
Nase aus und wieder einmal klatscht Hedi begeistert
in die Hände. Sie fällt ihrem Vater um den Hals und
küsst seine Wange. „Danke, Papa! Du bist der Beste!"

Noch vor ein paar Tagen hätte mich dieser Anblick aufgeregt, aber allmählich verstehe ich das
Prinzip hinter Hedis Verhalten. Sie will etwas. Sie
bekommt es. Und in diesem Fall ist es Paddys und
mein Vorteil.

Da Theo und ich weniger wiegen als Markus und
Paddy wird schnell entschieden, dass wir beide los-
fahren, um weniger Sprit zu verbrauchen. Ich nehme
mein Messer mit und Theo hängt sich das Gewehr
über die Schulter.

Helme haben sie offensichtlich nicht da. Oder sie
legen keinen Wert darauf, denn Theo startet bereits
den Motor. Ich klammere mich schnell an seiner
Jacke fest.

Paddy steht beleidigt bei der Veranda. Am liebsten wäre er selbst mitgekommen, statt den Babysitter für Hedi zu spielen, wie er es ausdrückt.

Hedi winkt mir noch einmal fröhlich zu und schon geht es los. Ich falle beinahe hintenüber, als das Zweirad einen Sprung nach vorne macht und ohne Pause weiterrast. Tannennadeln spritzen hinter uns auf und prasseln gegen meinen Rücken und meinen Kopf. Ein Helm wäre mir jetzt echt lieb. Obwohl Theo ein geübter Fahrer zu sein scheint und das Motorrad geschickt zwischen den Bäumen hindurchlenkt, kneife ich so manches Mal die Augen zusammen. Ich spüre jede Unebenheit mit meinem Körper nach und merke auch, wenn die Reifen ins Schlingern kommen oder kurz drohen, sich festzufahren.

Deshalb bin ich erleichtert, als wir schon nach wenigen Minuten Fahrt eine asphaltierte Straße erreichen. Theo stoppt und dreht sich halb zu mir herum. „Welche Richtung?"

Aus dem Bauch heraus sage ich: „Links", und schon gibt er wieder Gas. Mir entfährt ein kleines Quietschen, als er den Motor laut aufheulen lässt und der Wind mir nicht nur die Haare um den Kopf peitscht, sondern auch die Tränen in die Augen treibt.

„Alles in Ordnung?", ruft Theo nach hinten und ich nicke an seiner Schulter.

Es ist ein seltsames Gefühl, so schnell durch diese gruselige, neue Welt zu rasen. Hin und wieder entdecke ich Infizierte in weiter Ferne. Sie wanken über Felder, tauchen zwischen Bäumen auf oder schlurfen wie Verdurstende über die Straße. Wir sind so schnell an ihnen vorbei, dass sie keine Chance haben. Und doch schlägt mein Herz jedes Mal schneller, wenn ich einen von ihnen entdecke. Ich fühle mich wie auf dem High Fall in einem Vergnügungspark. Als hinge ich gerade ganz oben in der Luft und würde auf den Fall warten.

Theo umfährt die Infizierten, als wären es bloß parkende Autos am Straßenrand. Manchmal bräuchte ich nur die Hand ausstrecken und könnte einen von ihnen berühren.

Irgendwann, an einer gefahrlosen Stelle, werden wir langsamer und Theo fährt rechts ran. Immer noch ist nichts weiter zu sehen als Wald links und Wiesen rechts.

Wir steigen ab und ich zücke mein Messer, um ein Zeichen in einen der Bäume am Straßenrand zu ritzen. Theo beobachtet mich dabei, an sein Motorrad gelehnt.

„Das sieht doch kein Mensch", meint er. „Du solltest noch einen Hinweis auf den Hinweis hinterlassen."

Suchend schaue ich mich um und finde ein paar Steine, die ich zu einem Pfeil anordne, der auf den entsprechenden Baum deutet. „Besser?"

Theo nickt. „Besser."

Solche Hinweise hinterlassen wir etwa alle zwei Kilometer. Theo fährt in einem großen Kreis das Gebiet ab, das Paddy und ich zuvor durchlaufen haben und fährt auch eine ganze Weile Richtung Köln. Doch je mehr Häuser am Straßenrand auftauchen, desto mehr Infizierte sehen wir auch. Und es wird immer schwieriger, ihnen auszuweichen.

Als Theo schließlich fast mit einem von ihnen kollidiert, beschließen wir, wieder umzukehren. Zurück nehmen wir eine andere Strecke und hin und wieder hält Theo neben liegen gebliebenen Autos, um nachzuschauen, ob sie noch Sprit haben. Manchmal laufen noch ein paar Tropfen in unseren Kanister, doch meistens gehen wir leer aus.

Und dann taucht auf einmal ein Auto auf, das mir sehr bekannt vorkommt. Ich klopfe Theo auf die Schulter, um ihm anzuzeigen, dass er bremsen soll und springe ab, noch bevor er ganz stehen geblieben ist. Strauchelnd renne ich auf den roten Kombi zu. Ja, das ist er. Die eingeschlagene Scheibe ist unverkennbar.

„Das ist unser Auto", erkläre ich Theo, der mit fragendem Blick neben mich getreten ist.

„Es ist kein Benzin mehr drin, aber im Kofferraum müssten noch Vorräte sein. Ich sehe mal nach."

Ich umrunde gerade das Auto, als Theo mich noch einmal zurückwinkt. „Warte mal. Ich hab hier was gefunden."

„Was?", frage ich, trete neben ihn und schaue an seiner Schulter vorbei. Er hat die Beifahrertür geöffnet und hält eine ausgeblichene Tankquittung in den Händen. Erst auf den zweiten Blick erkenne ich die dünnen Kugelschreiberspuren, die sich darauf befinden. Auch die blaue Schrift ist verblichen, aber ein paar Buchstaben kann man noch erkennen.

I h wa hi r L fe R t ng rd n. R ik

„Oh mein Gott!", rufe ich verblüfft und reiße Theo den Zettel aus der Hand.

„War das einer deiner Freunde?", will er wissen und betrachtet mich aufmerksam, während ich mir noch einmal die Nachricht durchlese, um aus ihr schlau zu werden.

208

„Ich glaube schon", flüstere ich mit pochendem Herzen. Es muss so sein. Ich tippe auf die letzten Buchstaben. „Das da heißt bestimmt Raik. Und das erste, da vorne", ich fahre mit dem Finger über die dünnen Striche, „soll wohl *Ich* heißen."

Leise spreche ich mir selbst immer wieder die einzelnen Buchstaben vor. Der Anfang ist noch leicht. „Ich war hier...", murmele ich. Aber dann?

„L...fe... Laufe?" Ich schaue auf und in Theos ebenso rätselndes Gesicht. Er zieht den Zettel so, dass er ihn besser erkennen kann.

„R... t... ng... rd... n." Er verzieht entschuldigend den Mund. „Keine Ahnung. Ich weiß nicht, ob es nur ein Wort ist oder mehrere. Aber wenn er schreibt *Laufe*, dann wird er uns mitteilen wollen, wohin."

„Richtung!", rufe ich. „Er sagt uns die Richtung." Ein Grinsen breitet sich auf meinem Gesicht aus. Ich bin Raik so nahe wie schon lange nicht mehr.

Theo nickt und sieht sich um. „Wald? Straße? Oder...", er schaut über das Autodach, „Ödland?"

„Norden", rate ich. „Das könnte Norden heißen. Wo ist Norden?"

„Da", antwortet Theo ohne Nachzudenken und deutet in Richtung Wald. „Dann ist er in den Wald gegangen."

„Oh Gott, ja", sage ich lächelnd und küsse vor Freude die Tankquittung. Mein erster Impuls ist es, sie einzustecken, als Erinnerung an einen Hoffnungsschimmer und weil sie mich Raik so nah bringt. Aber dann fällt mir auf, dass er dort nur von sich selbst spricht. Offensichtlich hat er Mila verloren und die Botschaft war wohl auch für sie bestimmt. Also lege ich sie wieder zurück auf den Sitz.

Ich will gerade in Richtung Wald losmarschieren, als Theo mich am Arm zurückhält. „Was hast du vor?"

Verwundert schaue ich zu ihm auf. „Na, Raik suchen. Wir wissen ja jetzt, wo er hingelaufen ist."

Theo tippt sich an den Kopf. „Nachdenken, Hülya. Es macht keinen Sinn jetzt einfach so da hineinzulaufen. Das ist viel zu gefährlich. Wir fahren erstmal wieder zurück und organisieren uns. Er ist ja schon auf dem richtigen Weg. Wenn er sich von hier aus nach Norden richtet, kommt er früher oder später in unserer Nähe raus. Wir hinterlassen ihm dort noch einmal Hinweise."

„Aber…", setze ich an und sehe sehnsüchtig in den dunklen Wald. „Wir sind ihm schon so nahe."

Theo schüttelt den Kopf. „Schau doch, wie verblasst die Botschaft schon ist. Es ist Tage her, dass er sie geschrieben hat."

„Aber dann müsste er doch schon längst angekommen sein." Nun verwandelt sich meine Freude allmählich in Sorge. Was, wenn er es nicht geschafft hat? Was, wenn er schwer verletzt im Wald liegt? Oder wenn die Infizierten ihn erwischt haben?

„Vielleicht hat er die Hütte knapp verpasst und ist vorbeigelaufen", rät Theo und als er meinen besorgten Blick bemerkt, fügt er hinzu: „Wir werden die Umgebung absuchen, Hülya. Ich kenne mich da aus wie in meiner Westentasche."

Ich nicke schwach und folge Theo zum Kofferraum. Wir packen so viel es geht in die Gepäcktaschen. Den Rest werden Theo oder Markus morgen holen.

Es ist vielleicht naiv, aber als wir auf den Trampelpfad Richtung Hütte abbiegen, halte ich unentwegt Ausschau nach Raik. Und irgendwie hoffe ich, dass er gleich aus der Hütte tritt und mir gesund und munter entgegen rennt.

Aber da sind nur Hedi, Markus und ein schlecht gelaunter Paddy. Und Heini, der vor allen anderen bei uns ist und mir seine Schlammpfoten an die Brust drückt.

Markus kommt die Stufen der Veranda herunter und klopft Theo auf die Schulter. Ihm ist die Erleichterung anzusehen. „Irgendwelche Zwischenfälle?"

„Oh ja, kann man so sagen", antwortet Theo und zwinkert mir zu. Bevor sein Vater sich sorgen kann, fügt er hinzu: „Aber nichts Schlimmes."

Als Hedi und Paddy zu uns treten, erzählen wir ihnen als erstes von der Zettelbotschaft.

Markus nickt beeindruckt. „Damit hatte ich jetzt nicht gerechnet. Dann war euer Auto ja gar nicht so weit entfernt."

Ich schüttele den Kopf. „Offensichtlich sind wir doch ein wenig im Wald herum geirrt, bevor wir euch gefunden haben." Ich werfe Paddy einen vielsagenden Blick zu. Sein innerer Kompass scheint nicht so gut zu funktionieren wie er meint.

„Man darf aber auch die Strecke nicht unterschätzen", meint Theo. „Zu Fuß ist das eine ganz andere Hausnummer."

„War da auch ein Zeichen von Mila?", will Paddy wissen und es tut mir weh, ihn enttäuschen zu müssen.

„Leider nicht. Anscheinend haben die beiden sich ebenfalls aus den Augen verloren. Wann werden wir uns auf die Suche nach Raik machen?", frage ich und schaue mich um, als könnte er jeden Moment hier auftauchen. Schön wäre es.

„Na, heute jedenfalls nicht mehr", sagt Markus. „Wir haben noch Einiges zu tun und durch eure Tour viel Zeit verloren."

„Aber er ist irgendwo da draußen und braucht vielleicht unsere Hilfe!", fahre ich ihn etwas zu laut an.

Sofort verhärtet sich sein Gesicht und ich weiß, dass ich es mir verdorben habe. „Ich finde, wir haben euch bereits genug geholfen, oder nicht? Seit ihr hier seid, macht ihr mir mehr Ärger, als dass ihr Hilfe seid. Wir geben euch Essen, ein Dach über dem Kopf und ein sicheres Zuhause. Mein Sohn fährt den lieben langen Tag mit dir durch die Gegend, um nach Leuten zu suchen, die wir nicht einmal kennen. Ich denke, es reicht."

Damit dreht er sich um und stapft zurück Richtung Hütte. Selbst Hedi schweigt, als sie meinen Blick bemerkt. Sie beißt sich lediglich auf die Unterlippe und zuckt entschuldigend mit den Schultern. Dann folgt sie ihrem Vater ins Haus.

„Tut mir leid", sagt Theo und schiebt das Motorrad zurück in den Schuppen. „Für heute reicht es wirklich. Gleich morgen früh mache ich mich mit euch beiden wieder auf die Suche. Versprochen. Aber wir haben auch noch Tiere, um die wir uns kümmern müssen und ich muss noch Patrouille um unser Areal gehen, um die Mutanten auf Abstand zu halten. Paddy, du könntest mir dabei helfen. Wir können den Gang auch nutzen, um nach eurem Freund Ausschau zu halten."

Paddy nickt ergeben. Er scheint sich genauso hilflos zu fühlen wie ich. Ich werfe noch einen Blick in den Wald und überlege kurz, alleine loszuziehen. Aber die Sonne geht bald unter und ich kenne mich nicht so gut aus wie Theo. Ich würde mich zu schnell verlaufen. Also atme ich tief ein, schlucke meine Sorgen hinunter und folge den anderen ins Haus.

KAPITEL 34

RAIK

Eine neue Nacht bricht an. Heute bin ich kaum vorangekommen. Vielleicht bin ich sogar im Kreis gelaufen. Ich weiß es nicht.

Mir ist heiß und meine Zunge klebt an meinem Gaumen fest, weil mein Mund so ausgetrocknet ist. Als ich einen kleinen Tümpel finde, der nach der letzten Regennacht mit schlammigem Wasser gefüllt ist, trinke ich in großen Schlucken daraus.

Es dauert keine Stunde, da verlässt mich das Wasser wieder und ich fühle mich schlimmer als zuvor. Mein Magen krampft sich immer wieder schmerzhaft zusammen und ich würge, obwohl es nichts mehr hoch zu würgen gibt.

Zitternd breche ich auf dem Waldboden zusammen und umschlinge meine Beine mit den Armen. In Embryonalhaltung bleibe ich liegen. Warum kann es nicht einfach vorbei sein? Warum muss mein Ende so grausam sein?

Die Sonne versinkt. Die Schatten kommen. Ich bleibe liegen. Ich kann nicht mehr.

KAPITEL 35

HÜLYA

Am nächsten Morgen bin ich die erste, die wach ist. Ungeduldig laufe ich in der Hütte auf und ab, während die anderen sich noch anziehen. Selbst Paddy ist vor ihnen fertig und wartet bei der Tür.

Als Hedi das Bad verlässt, drücke ich ihr ein gekochtes Ei und ein Glas Milch in die Hände.

„Hier. Das ist dein Frühstück. Habe für jeden von euch etwas gemacht. Esst das Ei auf dem Weg. Wir müssen los."

Markus' mürrische Stimme lässt mich in der Tür innehalten. „Hedi bleibt hier. Und ich hätte gerne, dass einer von uns bei ihr bleibt."

„Heini ist doch da", sage ich und deute auf den schlafenden Hund neben der Couch.

Markus schüttelt den Kopf. „Der Hund ist mehr Last als Hilfe. Erst gestern hat er wild bellend die Kühe über die Weide gejagt. Ein Wunder, dass sie uns nicht alle abgehauen sind und er keine Mutanten angelockt hat." Er nickt zu Paddy. „Ich wäre dafür, dass du mit Theo und mir raus gehst und die Mädchen hier bleiben."

217

Paddy nickt, doch ich stemme erzürnt die Fäuste in die Hüften. „Paddy? Der ist doch blind wie ein Maulwurf. Wie soll er eine Hilfe sein?"

„Hey!", beschwert sich Paddy. „Ich habe trotz fehlender Brille bereits mehr Infizierte erledigt als du. Also sei mal schön leise."

„Während du gestern mit Theo unterwegs warst, hat Paddy mir beim Errichten des Zaunes geholfen. Und da waren seine Augen kein Problem. Die Sache ist also entschieden."

Ich bin empört. „Entschieden? Weil du das sagst?"

„Ja, weil ich das sage!", donnert Markus zurück und Hedi zieht vor Schreck den Kopf ein. Ich dagegen recke noch das Kinn vor.

„Weißt du, ich bin es nicht mehr gewohnt, dass ein Vater mir Vorschriften macht", sage ich trotzig.

„Dann gewöhn' dich lieber wieder dran", entgegnet Markus und greift nach seinem Gewehr. „Ihr bleibt hier im Haus und damit Basta."

Als er die Tür öffnet, nutzen Theo und Paddy die Gunst der Stunde und huschen hinaus. Doch Markus dreht sich noch einmal zu uns herum und diesmal wirkt er versöhnlicher. „Wir werden euren Freund schon finden. Keine Sorge. Macht ihr lieber das Essen, damit er etwas Ordentliches zwischen die Zähne bekommt, wenn wir ihn herbringen."

Gegen meinen Willen schleicht sich ein Lächeln auf meine Lippen. Ich mag zwar seine Art von Frauenbild nicht, aber ich weiß es zu schätzen, dass er mir Mut machen möchte.

KAPITEL 36

RAIK

Meine Hände graben sich in die Tannenadeln, bei dem Versuch, mich weiter voran zu ziehen. Ich weiß nicht wieso, aber ich kann nicht aufgeben. Tief in mir drin ist noch ein winzig kleiner Funken Hoffnung. So ein irrwitziges kleines Ding, das mir zuflüstert, dass mein Ziel gleich hinter der nächsten Ecke liegt. Aber wie viele Ecken waren das jetzt schon?

Ich weiß ja nicht mal mehr, ob ich mich noch in die richtige Richtung bewege. Mein Sichtfeld ist seit dem Morgengrauen wieder stark eingeschränkt. Als hätte ich Scheuklappen auf den Augen.

Keine Ahnung, ob ich es Glück nennen kann, dass ich seit zwei Tagen keinem Infizierten mehr begegnet bin. Keine Infizierten bedeutet nämlich auch keine Menschen. Und keine Menschen bedeutet, dass ich verloren bin.

Aber selbst wenn ich Menschen, ich meine, gesunde, lebende Menschen, finden sollte, heißt das nicht, dass sie mich retten können. Oder wollen.

Ich brauche Medizin. Antibiotika. Und zwar ziemlich starke. Ich weiß nicht, wo der rote Strich sich inzwischen befindet, aber die Schmerzen ziehen mittlerweile meinen ganzen Oberkörper hinauf.

Ich kann meine Beine nicht mehr bewegen. Deshalb robbe ich nun auf dem Bauch weiter. Wie ein Soldat im Einsatz. Oder vielmehr ein Baby, das noch nicht laufen gelernt hat.

Und plötzlich muss ich an meine Eltern denken. An meine Mama, die mich am liebsten niemals losgelassen hätte. Nicht, als ich in den Kindergarten kam, nicht als ich in die Schule kam und erst recht nicht, als mein Vater entschied, dass es Zeit war, sie zu töten. Und an meinen Papa, der mir fast täglich zum Abschied durch die Haare gewuschelt hat. Nur dieses eine letzte Mal nicht.

Und in meinen Gedanken spornen sie mich an. Sie rufen und klatschen in die Hände, wie damals bei meinem ersten und letzten Laufwettkampf in der Schule.

Komm schon, Raik!, höre ich sie rufen. *Gib jetzt nicht auf! Weiter! Nur noch ein kleines Stück!*

Und ich schaffe tatsächlich noch ein kleines Stück, bis ich vollkommen entkräftet liegen bleibe. Ich kann nicht einmal mehr den Kopf heben.

Ich schließe die Augen und warte auf das Unausweichliche. Aber der Tod lässt mich zappeln. Inzwischen wünsche ich ihn mir herbei. Und sei es in Form eines Infizierten.

Und wie kann es auch anders sein, von tausend Wünschen, die ich in den letzten Jahren hatte, scheint sich ausgerechnet dieser zu erfüllen.

Meine Ohren sind das Einzige, das noch einwandfrei funktioniert. Und so höre ich die Schritte, lange bevor ich die dreckverschmierten Stiefel vor mir sehe.

„Komm schon", murmele ich in die Tannenna-deln, die an meinen spröden Lippen haften. „Bring es zu Ende."

Noch während der Infizierte sich zu mir hinun-terbückt, dämmere ich weg.

KAPITEL 37
HÜLYA

Im Gegensatz zu mir ist Hedi die Ruhe in Person. Summend sitzt sie auf der Couch, die Füße hochgelegt und strickt einen neuen Pulli. Eine Zeit lang beobachte ich ihre flinken Hände und Finger, die immer wieder neue Fäden aufnehmen und fallen lassen. Zu hören ist nichts außer dem Klicken der Stricknadeln.

Meine Finger trommeln einen nervösen Takt auf meine Oberschenkel und mein Blick fällt immer wieder Richtung Tür.

Als Hedis nackter Zeh mich am Bein berührt, zucke ich erschrocken zusammen.

„Entspann' dich", meint sie. „Sie sind wahrscheinlich nicht mal seit einer Stunde unterwegs. Es dauert noch, bis sie zurückkommen."

Ich rutsche ein Stück von ihr ab, weil ich ihre Ruhe im Moment nicht ertragen kann. Während sie sich wieder in ihre Strickarbeit vertieft, beginne ich, an meinen Fingernägeln zu knabbern.

In meinem Kopf entstehen die wildesten Fantasien. Was, wenn sie Raik nicht finden? Was, wenn er schon an uns vorbei und zu weit weg ist? Was, wenn sie ihn finden, er aber schwer verletzt ist? Oder tot?

Ich sehe wieder die Leichengrube vor mir. Nein, da wird er niemals enden. Das lasse ich nicht zu. Wenn es so weit kommt, schnappe ich mir eine Schaufel und hebe selbst ein Grab für ihn aus. Und darauf werde ich hübsche Blumen pflanzen. Und ich werde ihm auch einen Grabstein oder ein Kreuz besorgen. Er wird nicht in diesem anonymen Sammelgrab landen.

Ich schüttele den Kopf, auch um diese fiesen Gedanken loszuwerden. Raik ist nicht tot. Sie werden ihn finden und hierher bringen und dann vergessen wir diese ganze Aliensache und leben mit Hedi, Theo und Markus. Vielleicht können Raik und ich uns irgendwann ein eigenes Häuschen bauen. Ich würde sogar Paddy einziehen lassen, solange er ein separates Zimmer bekommt.

Ich stehe auf, gehe rüber ans Fenster und schaue hinaus in den Tannenwald. Dort drüben wäre ein hübsches Fleckchen. Wir brauchen ja nicht viel Platz. Es sei denn, wir bekommen irgendwann Kinder.

Dieser irrwitzige Gedanke entlockt mir ein leises Lachen. Kinder in dieser Welt? Im Leben nicht.

„Hülya, setz dich endlich wieder", fordert Hedi mich auf und klopft neben sich auf die Couch. „Du siehst aus, als wärest du kurz vor einem Nervenzusammenbruch."

„Nein", wiegele ich ab, wende mich aber trotzdem vom Fenster ab. „Den hatte ich schon mal. Das sieht anders aus." Oder doch nicht? Ich folge lieber ihrem Rat und setze mich neben sie. Ein Fernseher wäre jetzt nicht schlecht. Irgendetwas, das mich ablenkt.

Ich beuge mich vor und ziehe mir eine der Klatschzeitschriften heran, die hübsch drapiert auf dem Wohnzimmertisch liegen.

Stumm lese ich: *Kugelrunde Stars: Wem gehört der schönste Babybauch 2015?*

Figur-besessen: Sixpack-Mum kämpft weiter gegen Babybauch!

Bambi-2015: Das sind die Gewinner des Abends!

GNTM-Finale steht: Dieses Mal kämpfen 4 Mädels um den Titel!

Während ich vorsichtig die Seiten durchblättere, versuche ich, mich an diese Welt zu erinnern. Eine Welt voller Nichtigkeiten und Problemen, die keine waren. Voller Prunk und Glamour und Verschwendung. Aber es fühlt sich an, als hätte es so etwas nie wirklich gegeben. Als wäre das eine Art Science-Fiction-Story und kein Klatschblatt aus 2015.

Damals wusste noch niemand von dem Virus. Erst ein paar Monate später ist in der kleinen Stadt Kreuztal der erste „Grippebefall" aufgetreten. Und jetzt? Jetzt sind Selena Gomez und Justin Bieber vermutlich kein Paar mehr. Vielleicht hat sie ihm die Nieren herausgerissen.

Plötzlich sehe ich die ganzen Promibilder mit anderen Augen. Ich stelle mir die in glitzernden Roben gekleideten Damen, als Infizierte vor. Wie sie über den Roten Teppich wanken und den Fotografen nicht nur die Kameras, sondern auch die Hände abreißen.

Frustriert werfe ich die Zeitschrift wieder zu den anderen. Wahrscheinlich werde ich in Zukunft nichts mehr mit normalen Augen sehen können. Ich werde alles mutieren lassen. Und jedes schöne Bild mit Blut übermalen.

225

„Pass auf", meint Hedi. „Du legst dich jetzt hier hin und machst ein wenig die Augen zu. Wenn du schläfst, kannst du dir keine Sorgen machen. Ich wecke dich schon rechtzeitig, wenn irgendetwas passiert." Sie legt ihre Stricksachen beiseite, steht auf und klopft mir die Kissen zurecht.

„Ich kann doch jetzt nicht schlafen!", widerspreche ich ihr, aber sie drückt mich bereits runter auf die Couch.

„Klar kannst du das. Es gibt nichts Leichteres. Mach einfach die Augen zu. Ich habe da so eine Atemtechnik, mit der schläfst du innerhalb von wenigen Minuten wie ein Baby."

„Ich glaube, du hattest noch nie mit Babys zu tun, oder?", frage ich herausfordernd und denke dabei, an die kleine Tochter meiner Cousine. Sie war acht Wochen alt, als ich sie das letzte Mal gesehen habe. Und die hat mehr geschrien als geschlafen. Was wohl mit ihr geschehen ist?

Hedi setzt sich auf den Wohnzimmertisch und schließt die Augen. Dann atmet sie tief ein.

„Mach mir nach. Augen schließen. Luft tief durch die Nase einatmen, bis fünf zählen, durch den Mund wieder ausblasen. Erneut einatmen, anhalten, auspusten. Und wiederholen."

Ich schaffe drei Wiederholungen, dann drifte ich in wilde Albträume ab.

Ein Klopfen reißt mich aus dem Schlaf. Ich schrecke hoch und sehe mich aus großen Augen um. Heini, der bis eben neben mir geschnarcht hat, springt schwanzwedelnd auf und blufft ein paar Mal.

„Alles gut", sagt Hedi, die bereits auf dem Weg zur Tür ist. „Ich glaube, sie sind zurück."

Ich bin so schnell auf den Beinen, dass ich gegen ein Schwindelgefühl ankämpfen muss. Schwankend folge ich Hedi zur Tür. Sie öffnet sie zunächst nur einen Spalt, soweit wie es das kleine Kettchen davor zulässt. Dann lächelt sie und dieses Lächeln lässt mich hektisch atmen.

Doch als sie die Tür ganz öffnet, steht dort nur Paddy. Ich schiebe ihn mit einer Hand beiseite und suche die Gegend mit den Augen ab. „Wo sind die anderen?"

Paddy zuckt mit den Schultern. „Wir haben uns getrennt und wollten uns gegen Abend hier wieder-treffen. Also ist noch keiner von ihnen da?"

Statt einer Antwort schaue ich nach dem Stand der Sonne. Sie hängt schon tief hinter den Bäumen. Es ist Abend.

„Abend ist ein weit gedehnter Begriff, wenn man keine Uhr besitzt", versucht Hedi mich zu beruhi-gen. „Bevor die Sonne nicht untergegangen ist, sind sie auch nicht zu spät."

Ich bewundere ihre Gelassenheit. Immerhin sind es ihr Vater und ihr Bruder, die dort draußen unter-wegs sind, um nach einem ihr völlig Fremden zu suchen. Es muss an der Sicherheit liegen, die sie ihr durchgehend vermitteln. Sie vertraut einfach darauf, dass sie das schaffen. Etwas anderes kommt für sie nicht in Betracht.

Widerwillig folge ich den anderen zurück in die Hütte und schließe die Tür. An Schlafen ist jetzt wirklich nicht mehr zu denken. Alle paar Minuten renne ich zum Fenster, um hinauszuschauen. Die Sonne sinkt immer tiefer und sendet bereits ihre letzten Strahlen zwischen den Stämmen hindurch.

„Verdammt nochmal, jetzt setz dich endlich!",
blafft Paddy mich an. Ich nehme ihm den groben
Ton aber nicht übel, denn ich sehe ihm an, dass auch
er nervös ist. Und jedes Mal, wenn ich aus dem
Fenster schaue, reckt auch er den Kopf und sieht
mich erwartungsvoll an.

Seufzend lasse ich mich auf die Couch fallen, woraufhin Paddy sofort aufspringt. „Ich geh mal kurz
ins Bad."

Mein Bein wippt unruhig auf und ab und als ich
erneut an meinem Daumennagel knabbere, reiße ich
ihn dabei so tief ein, dass ich Blut schmecke.

Und dann, endlich, klopft es an der Tür. Hedi
springt als erste auf, aber Heini und ich sind ihr dicht
auf den Fersen. Heini gibt ein grollendes Geräusch
von sich und ich streichele ihm beruhigend über den
Kopf.

Vorsichtig späht Hedi durch den Türschlitz und
bevor sie irgendeine Reaktion zeigen kann, höre ich
Markus' zufriedene Stimme: „Ich habe ihn gefunden."

Eine tonnenschwere Last fällt von meinen Schultern und auf einmal habe ich es gar nicht mehr so
eilig, zur Tür zu kommen. Lächelnd warte ich ab, bis
Hedi das Kettenschloss geöffnet hat und trete neben
sie, als sie die Tür ganz öffnet. Heini knurrt noch
einmal. Dummer Hund. Erkennt nicht einmal sein
eigenes Rudel.

Zunächst sehe ich nur Markus und ich deute es
als gutes Zeichen, dass er Raik nicht hierher tragen
musste.

„Ich war schon auf dem Rückweg, da habe ich
ihn hier ganz in der Nähe gefunden", erzählt Markus
stolz und jetzt werde ich doch wieder hibbelig. Ner-

vös knete ich meine Hände und strecke mich, um über Markus' Schulter blicken zu können.

Er lacht, „Entschuldige!", tritt einen Schritt beiseite und mein Herz bleibt stehen.

„Das ist nicht…", setze ich an, da packt Chris bereits um Markus herum und zieht ein Messer durch dessen Kehle. Die Klinge hinterlässt einen tiefen Schnitt, aus dem sofort Blut sickert. Eine Sekunde herrscht Stille, Markus starrt uns aus großen Augen an, dann geht er in die Knie und Hedi schreit. Heini macht sich ganz steif und knurrt so bedrohlich, wie ich es bei ihm noch nie gehört habe.

Als hätte sich eine Starre von mir gelöst, greife ich nach der Tür und will sie zuschlagen. Doch Chris ist schneller. Er steht bereits im Türrahmen, streckt nur einen Arm aus und hält die Tür damit auf. All meine Bemühungen sind umsonst. Er ist so viel stärker als ich. Heini beginnt, wild zu bellen und drückt sich dicht an meine Seite.

„Wo ist sie?", fragt Chris kühl. Ich trete von der Tür zurück und ziehe die wimmernde Hedi mit mir mit. Dabei sehe ich mich nach meinem Messer um. Ich hatte es leichtsinnigerweise am Morgen nicht an meinen Gürtel gehängt.

Chris lässt die Tür los und folgt uns in die Hütte.

„Wo ist sie?", wiederholt er. Von dem Messer, das er in der rechten Hand hält tropft Markus' Blut. Er will nach Hedi greifen, doch ich stoße sie schnell beiseite. Schreiend kracht sie in einen der Stühle, fällt zu Boden und krabbelt schnell hinter die Küchentheke. Dort höre ich sie schluchzen.

Statt meinem Messer greife ich mir die erstbeste Waffe, die ich finden kann. Den Schürhaken des Kamins. Sogar noch besser als mein Messer, denn damit kann ich nicht nur stechen, sondern auch zuschlagen. Ich halte ihn in beiden Händen auf Chris gerichtet.

Chris schnaubt amüsiert. „Was soll das werden, kleines Menschenmädchen? Denkst du, du kannst mir den Schädel einschlagen?"

„Ich tue es, wenn du nicht sofort verschwindest", drohe ich. Aber er und ich wissen beide, dass das nicht stimmt. Ich kann mich zwar verteidigen, aber angreifen werde ich ihn nicht. Immerhin ist es mein bester Freund, der da vor mir steht.

Deshalb verzieht Chris die Lippen auch nur zu einem angedeuteten Lächeln. Beiläufig wischt er die Klinge des Messers an einem Trockentuch ab, das über einem der Stühle hängt.

„Also schön", sagt er, „dann mache ich dir einen Vorschlag. Ich werde wieder verschwinden und dich und deine kleine Freundin hier verschonen. Wenn du mir sagst, wo Dantes Hure ist."

„Dantes...", wiederhole ich und begreife dann. „Du meinst Mila? Ich weiß es nicht. Und selbst wenn ich es wüsste, würde ich es dir garantiert nicht sagen." Ich klinge mutiger, als ich bin. Denn um ehrlich zu sein, bin ich mir nicht so sicher, ob ich es ihm vielleicht doch sagen würde, wenn ich damit unser Leben retten könnte.

Chris scheint mein Gehabe nicht zu beeindrucken, denn er seufzt theatralisch und lässt sich dann auf den Stuhl sinken. Offensichtlich ist er sich absolut sicher in der besseren Position zu sein. Und ich glaube das auch.

„Hör zu", sagt er und dreht die Spitze des Messers auf dem Esstisch, sodass sich kleine geringelte Holzspäne davon lösen. „Ich fand eure kleinen Hinweise ganz amüsant", er greift in seine Tasche und zieht die Tankquittung heraus, die ich im Auto liegen gelassen habe, „aber jetzt wird mir das hier zu albern. Ich sehe, dass ihr euch hier etwas Hübsches aufgebaut habt. Das soll doch nicht umsonst gewesen sein, oder? Ihr wollt doch noch etwas davon haben."

Mir wird ganz heiß. Er hat durch Raiks und meine Hinweise hierher gefunden. Ich habe Markus auf dem Gewissen. Und in wenigen Augenblicken vielleicht auch noch Hedi. Das darf ich nicht zulassen.

Als Chris mit einem Ruck wieder aufsteht, flippt Heini aus. Aus seinem drohenden Knurren wird ein wildes Bellen und er macht einen Satz vorwärts und schnappt knapp vor Chris' Hand in die Luft. Ich schreibe es seinem gutmütigen Wesen zu, dass er bisher noch nicht wirklich zugebissen hat.

Chris runzelt lediglich die Stirn. „Was soll das werden?"

„Der Hund spricht aus, was ich denke", sage ich. „Dass du dich verpissen sollst."

Er lacht kurz auf und wirft einen Blick auf das Messer in seiner Hand. „Und weißt du, was ich denke?", erwidert er. „Dass das Vieh ohne Fell viel besser aussehen würde." Ich schreie auf, als er blitzschnell nach Heinis Nackenfell greift und den knurrenden und quietschenden Hund daran hochhebt.

„Lass ihn los!", flehe ich und hebe gleichzeitig den Schürhaken an. Wenn ich nicht zu fest zuschlage, schaffe ich es vielleicht, ihn k.o. zu schlagen, ohne bleibende Schäden bei Chris zu hinterlassen. Dann können wir ihn fesseln und irgendwie diesen Alien aus ihm herausbekommen.

Doch er scheint meine Pläne zu ahnen, denn er hebt Heini noch ein Stück weiter an und kommt auf mich zu. Ich weiche langsam zurück, bis ich mit dem Rücken an der Wand stehe.

„Ich hasse es, mich zu wiederholen", meint Chris und klingt dabei so gelangweilt, als würden wir uns gerade über das Wetter unterhalten. „Aber du scheinst mich bisher noch nicht verstanden zu haben. Also noch ein letztes Mal: Wo ist das Mädchen? Und bevor du antwortest: Wenn du es nicht weißt, töte ich euch auf der Stelle. Und wenn du mir eine falsche Antwort gibst, komme ich zurück und hole es nach."

Ich presse die Lippen aufeinander und schlucke meine Angst hinunter. Das scheint Chris Antwort genug zu sein, denn er verdreht genervt die Augen und setzt das Messer an Heinis Kehle an. Dort, wo seine Haut von dem festen Griff so sehr gestrafft ist, dass der Hund schon kaum noch atmen kann.

„Dann ist dieses Vieh als Erstes dran", meint Chris gelassen. Und dann höre ich Heini schreien. Er winselt nicht, er quietscht auch nicht mehr. Er gibt fast menschliche Töne von sich, die mir das Blut in den Adern gefrieren lassen. Chris zieht das Messer so langsam über Heinis Kehle, dass es für den Hund die reinste Qual ist.

Ich bin wie gelähmt. Wir werden alle sterben. Wir alle. Und es ist meine Schuld.

Wind bläst mir um die Ohren, als die Badezimmertür neben mir aufschwingt und mit einem Knall an der Wand stoppt. Chris ist für einen winzig kleinen Moment überrascht und das reicht Paddy aus, um mir den Schürhaken aus der Hand zu reißen und ihn Chris über den Kopf zu ziehen. Heini fällt zu Boden und kriecht winselnd in Richtung Couch. Dabei zieht er eine dunkle Blutspur hinter sich her.

Ein Schlag mit dem Schürhaken reicht leider nicht aus, um Chris umzuwerfen. Er stolpert nur zwei Schritte zurück, dann hat er sich wieder gefangen und geht ohne zu zögern auf Paddy los. Er stößt ihn gegen die Wand, die bei dem Zusammenprall heftig erzittert. Das Messer verfehlt nur knapp Paddys Hals, ritzt ihm dafür aber die Schulter auf. Der Schürhaken fällt polternd zu Boden und ich schaffe es endlich, mich aus meiner Starre zu lösen. Schnell hebe ich den Haken auf und prügele damit auf Chris' Rücken ein.

Er knurrt ärgerlich und zieht den Kopf ein wenig zwischen die Schultern. Ansonsten scheinen meine Schläge nicht sonderlich viel zu bewirken.

Plötzlich werde ich beiseite gestoßen und jemand drängt sich an mir vorbei. Chris stöhnt auf, als Theo ihm sein Messer von hinten zwischen die Schulterblätter rammt. Er lässt Paddy los, der sich schnell ein paar Schritte von ihm entfernt und mit einer Hand versucht, die Blutung an seiner Schulter zu stoppen.

Wütend schnaubend dreht sich Chris zu Theo herum, dessen Brustkorb sich heftig hebt und senkt. Ich sehe die Tränen in seinen Augen, doch er blinzelt sie schnell weg. Eine löst sich und läuft ihm über die Wange.

„Du Mistkerl!", stößt er hervor und stürzt sich auf Chris. Ein ums andere Mal sticht er auf dessen Oberkörper ein. Seine Hiebe werden immer verzweifelter. Er weiß ja nicht, dass er seinen Gegner nicht töten kann. Theo weiß eigentlich nichts. Und ich wünschte, ich hätte ihn und seine Familie eingeweiht.

Chris taumelt zurück, das Messer rutscht ihm aus der Hand. Warum wehrt er sich nicht? Was ist Mareks Plan?

„Theo!", rufe ich. „Nein! Stopp!" Doch es ist zu spät. Chris' Augen verfärben sich kurz kohlrabenschwarz, dann stöhnt er auf und ist plötzlich in Schatten gehüllt. Marek! So schnell der Schatten kam, so schnell ist er auch wieder verschwunden und Chris sinkt zu Boden. In einer Blutlache bleibt er liegen. Ich bin bei ihm, knie in seinem Blut und ziehe seinen Kopf zu mir heran.

„Chris!", schreie ich. „Chris, bitte!"

Ein gurgelnder Laut entweicht seinen Lungen und er spuckt noch mehr Blut. Alles ist rot. Seine Wangen, meine Hände... Nur seine Haut, die ist unglaublich blass. Ich konzentriere mich auf seine Augen, denn die sind so blau wie eh und je.

Er öffnet noch einmal den Mund und ich weiß, dass er etwas sagen will. Doch heraus kommt wieder nur ein Schwall Blut.

Schluchzend presse ich meine Stirn an seinen Hals. Ich wünschte, er würde mich in die Arme nehmen. Aber über die hat er längst keine Kontrolle mehr.

Ich merke, dass sich jemand neben uns kniet und spüre eine Hand auf meinem Rücken.

„Hülya", sagt Paddy leise. „Er ist..." Ich höre ihn schlucken. Er vollendet den Satz nicht, aber ich weiß, was er sagen wollte. Mit sanftem Druck zieht er mich von Chris weg. Kurz klammere ich mich noch an dem leblosen Körper fest, dann lasse ich los. Seit dem Tod meiner Eltern hat mich kein Verlust mehr so getroffen.

Benommen stehe ich auf und streiche mir ein paar verklebte Haarsträhnen aus dem Gesicht. Meine Hände zittern, als ich sie betrachte. Sie sehen aus, als hätte ich mit roten Fingerfarben gemalt. Wimmernd versuche ich, das Blut an meiner Hose abzuwischen. Aber es ist überall. Ich werde es nicht los.

„Hülya", sagt Paddy noch einmal. „Wir müssen uns um Raik kümmern. Er ist schwer verletzt."

Ich höre seine Worte, aber ich verstehe sie nicht. Sie dringen nicht zu mir durch. Wieder starre ich auf meine Hände, drehe mich noch einmal zu meinem besten Freund um. Mein bester Freund, der jetzt nur noch eine Leiche ist.

„Er darf nicht in die Grube", flüstere ich.

„Was?", fragt Paddy. Warum sehe ich ihn eigentlich nicht? Warum sehe ich nur Chris' blaue Augen und das Blut in seinem Gesicht?

„Er darf nicht in die Grube", wiederhole ich.

Jemand greift nach meinem Arm und zieht mich fort von Chris. Ich merke nicht, wie ich laufe, nur, dass ich mich entferne. Dann sitze ich auf der Couch, die Hände mit den Handflächen nach oben auf meinen Oberschenkeln. Ich will die Polster nicht beschmieren. Das Blut. Das ganze Blut. Wie sollen wir es entfernen? Und Chris. Er darf nicht in die Grube.

Wie aus weiter Ferne höre ich Paddy sagen: „Leg ihn hier rüber."

Vor meinen Füßen erscheint eine Hand. Sie ist furchtbar schmutzig. Nicht rot wie meine, sondern braun. Als hätte sie in der Erde gewühlt.

Ich höre ein leises Stöhnen.

Dann Theos Stimme: „Wir haben noch ein paar Antibiotika. Ich weiß aber nicht, ob das noch was bringt." Seine Stimme ist schwach und brüchig. Als hätte er keine Kraft mehr. Und zwischendurch höre ich jemanden weinen. Hedi.

235

Hedi und Theo haben ihren Papa verloren. Ich schließe kurz die Augen, versuche, den Schmerz hinunter zu schlucken. Ich muss mich zusammenreißen. Hedi braucht mich.

Ich öffne die Augen wieder, blinzele ein paar Mal und atme tief durch. Allmählich wird mir bewusst, dass ich unter Schock stehe. Aber dafür ist keine Zeit. Paddy ist verletzt. Und Heini. Was ist mit Heini?

Endlich klärt sich mein Blick wieder. Und dann sehe ich ihn. Raik. Er liegt zu meinen Füßen, auf dem Teppich. Und er sieht furchtbar aus. Unter dem ganzen Schmutz ist seine Haut fast so blass wie die von Chris. Aber er lebt. Er atmet und stöhnt immer wieder leise vor Schmerz. Ich sinke zu ihm hinunter und fasse an seine Wange. Sie ist glühend heiß.

„Er hat eine Blutvergiftung", erklärt mir Paddy. Theo bringt gerade einen Eimer Wasser und einen Lappen, den er mir in die Hände drückt.

„Mach ihn sauber. Wir müssen sehen, wo er verletzt ist."

Wie unter Trance beginne ich, Raik auszuziehen. Als ich seine Jeans hinunterziehe, schreit er kurz auf. Und dann sehen wir die Verletzung. Die Entzündung geht von einer Wunde in seinem linken Oberschenkel aus. Sie ist kreisrund und etwa so groß wie eine Münze. Ihre Ränder klaffen eiternd auseinander und sie stinkt bestialisch.

„Was machen wir damit?", fragt Paddy.

Theo zögert kurz. „Ich denke, wir müssen sie reinigen." Mit einem Becher schöpft er Wasser aus dem Eimer und lässt es über die Wunde laufen. Dann holt er einen Medizinkoffer und wühlt darin herum, bis er eine kleine Flasche mit klarer Flüssigkeit findet. „Zum Desinfizieren", meint er, träufelt etwas davon auf eine Kompresse und tupft damit die Wunde ab.

Raik stöhnt noch einmal, reagiert ansonsten aber nicht weiter auf die Behandlung.

„Müssen wir es jetzt abbinden?", frage ich und starre hilflos auf die rote Linie, die sich bereits Raiks Oberkörper hinaufzieht.

„Ich weiß nicht, ob es dafür vielleicht schon zu spät ist", meint Theo. Er scheint genauso ratlos zu sein wie wir. „Die Vergiftung ist ja schon vorgedrungen. Ich glaube, abbinden muss man nur, wenn es gerade erst passiert ist, um genau das zu verhindern."

„Werden die Antibiotika ihm helfen?"

Theo wirft das Fläschchen zurück in den Medizinkoffer. „Ich hab keine Ahnung, okay?", antwortet er gereizt. „Ich bin kein Mediziner. Also mach ihn einfach sauber, okay?"

„Okay", antworte ich leise und beginne, Raiks Hände und Arme zu reinigen. Mehrmals muss ich das Wasser austauschen. Als ich mit dem kühlen Lappen über sein Gesicht fahre, öffnet er das erste Mal seit er hier ist, seine Augen.

Vielleicht bilde ich es mir ein, aber ich glaube, ein kleines Zucken um seine Mundwinkel zu sehen. Eine Erinnerung an die Grübchen, die sich beim Lachen immer in seinen Wangen gebildet haben.

„Hi", flüstere ich und lächele ihn schwach an. Diese kleine Geste fällt mir trotz der Wiedersehensfreude unglaublich schwer. Denn während ich mit Raik beschäftigt bin, ziehen Theo und Paddy die beiden Leichen aus der Hütte.

Paddy hat mir versprochen, dafür zu sorgen, dass Chris nicht in der Grube landet, sondern genauso wie Markus ein richtiges Grab in der Nähe der Hütte erhält.

Hedi hockt immer noch in der Ecke hinter dem Küchentresen. Ich höre die Dielen knatschen, während sie sich vor- und zurückschaukelt. Der Schock scheint bei ihr noch tiefer zu sitzen als bei mir.

Dann fällt mein Blick auf Heini. Er liegt zitternd versteckt hinter der Couch. Ab und zu sehe ich seine Pfoten zucken.

Raiks Augen sind bereits wieder zugefallen, deshalb verzichte ich darauf, ihm zu sagen, wohin ich gehe und krabbele zu Heini hinüber. Ich taste über seinen Hals und ziehe das Fell an den Stellen auseinander, an denen ich die Verletzung vermute. Und tatsächlich, dort klafft eine tiefe Schnittwunde. Ein Wunder, dass der Hund überhaupt noch lebt.

„Paddy! Theo!", rufe ich in Richtung der offenen Hüttentür. „Wir brauchen noch einmal den Medizinkoffer."

Einen Hund zu nähen, der sich nicht in Narkose befindet, ist beinahe ein Ding der Unmöglichkeit. Vor allem, wenn man sowieso keine Ahnung davon hat. Heini jault und winselt und versucht sich immer wieder aus Paddys und meinem Griff zu befreien, während Theo mit höchster Konzentration Nadel und Faden durch die dünnen Hautschichten zieht.

Nachdem wir Heini versorgt haben, beginnen wir das Haus zu säubern. Wir alle funktionieren. Wie kleine Aufziehmännchen, die stumpf ihrer Arbeit nachgehen. Wir sprechen nicht dabei, es sei denn, es geht um bloße Anweisungen.

„Zieh die Couch beiseite."

„Gib Raik etwas zu Trinken und die Tablette."

„Halte Hedi die Haare, während sie sich übergibt."

Was sollten wir auch sonst sagen?

Ich wünschte, ich könnte mich wenigstens über Raiks Rückkehr freuen. Aber jedes positive Gefühl wird sofort von einer Flut aus schlechten Gedanken und Gewissensbissen ertränkt.

Ich verbeiße mich an einem besonders hartnäckigen Blutfleck, der einfach nicht von den Holzdielen verschwinden will. Ich schrubbe und schrubbe, bis meine Arme schmerzen und ich entkräftet aufgeben muss. Zitternd hole ich Luft und stütze mich mit den Händen auf dem Boden ab. Und gegen meinen Willen tropfen die Tränen aus meinen Augen und gesellen sich zu Chris' Blut.

Wäre er jetzt hier, würde er mich in seine Arme ziehen, mich wiegen und beruhigen. So wie er es damals nach dem Tod meiner Eltern gemacht hat. Aber er ist nicht hier. Und alle anderen sind mit sich selbst beschäftigt.

Das denke ich zumindest, bis Paddy kommt, sich neben mich setzt und mich an seine Brust zieht. Ich kralle mich an seinem Shirt fest und presse mich so eng es geht an ihn. Dann lasse ich meinen Tränen freien Lauf.

KAPITEL 38

HÜLYA

Den ersten Abend und die gesamte Nacht lasse ich Raik nicht aus den Augen. Er hat Fieberträume, schreckt immer wieder hoch und tastet nach einer Waffe, bevor er wieder zurücksinkt und einschläft. Paddy bietet mir an, mich abzulösen. Aber ich wage es nicht, mich von Raik zu entfernen. Da ist diese unbestimmte Angst, dass ich ihn wieder verlieren könnte. Dass das alles hier nur ein Traum ist. Und ich weiß nicht einmal, ob es dann ein Albtraum wäre.

Raik ist da. Dafür ist Chris weg. Für immer. Und Hedis und Theos Vater ebenfalls.

Hedi spricht nicht mehr. Auch am nächsten Morgen noch nicht. Sie sieht mich nicht einmal an. Als ich ihr beim Frühstück ein Ei reiche, schlägt sie es mir beinahe aus der Hand.

„Hedi!", ruft Theo und wirft seiner kleinen Schwester einen strengen Blick zu. Mit einem Ruck schiebt sie ihren Stuhl zurück und springt auf. Sie ist klug genug, nicht hinaus zu rennen. Stattdessen verkriecht sie sich in der Schlafkoje unter dem Dach. Und bald schon hören wir sie schluchzen.

Ansonsten ist es unangenehm still und ich senke den Blick auf das Ei, das leicht angeknackst auf dem Tisch liegt.

„Sie wird sich wieder beruhigen", sagt Theo. Doch es klingt weder entschuldigend noch versöhnlich. Es ist einfach nur eine nüchterne Feststellung.

Gleich nach dem Frühstück gehen Paddy und Theo raus, um weiter an den Löchern zu graben, in die wir Chris und Markus hinablassen wollen. Jeder gräbt für sich, an unterschiedlichen Orten. Denn Theo war strikt dagegen, dass der Mörder seines Vaters direkt neben diesem liegt.

Ich kann ihn verstehen. Er weiß es ja nicht. Er weiß immer noch nichts. Weder ich noch Paddy haben es bisher übers Herz gebracht, ihnen von Marek und Dante und dem wahren Grund für das Virus zu erzählen. Ich will ihre Hoffnung auf eine schönere Welt in der Zukunft nicht zerstören. In ihren Köpfen glauben sie, dass die Infizierten, oder Mutanten, wie sie sie nennen, irgendwann ausgerottet sein werden. Sie glauben, dass dann wieder ein normales Leben möglich sein wird. Sie wissen nichts von der anderen Gefahr, die sie bedroht.

Und wenn es nach mir geht, soll es auch so bleiben.

Ich frage mich nur, wie Theo sich den Schatten erklärt, der Chris umgeben hat, kurz bevor er starb. Dieses wabernde Gespinst, das sich urplötzlich wieder in Luft auflöste. Bisher haben wir nicht weiter über den Vorfall gesprochen. Immer noch funktionieren wir lediglich.

Erst am Nachmittag ändert sich das. Denn am Nachmittag werden Markus und Chris begraben. Hedi tritt ganz in Schwarz gekleidet aus dem Haus und auch ihr Bruder hat einen feinen schwarzen Anzug an. Sie haben frisch geduscht und sich die Haare ordentlich gekämmt.

Paddy und ich dagegen sehen aus wie immer. Ich habe überhaupt keine feinen Sachen. Eigentlich habe ich gar nichts. Alles, was ich am Leib trage, gehört Hedi.

Ich schaue zurück zur Hütte, in der Heini und Raik liegen. Es fällt mir schwer, nicht direkt neben Raik zu sein. Aber für Chris' Beerdigung muss ich eine Ausnahme machen.

Vor der Hütte bleiben wir alle kurz stehen. Ich nicke Hedi zu, die meinem Blick sofort wieder ausweicht. Dann gehen Hedi und Theo nach links und Paddy und ich wenden uns nach rechts.

Es war der Wunsch der Geschwister, dass sie ihren Vater alleine beerdigen. Genauso wie sie auf keinen Fall bei Chris' Beisetzung dabei sein wollten.

Und so stehen dort lediglich Paddy und ich und schauen auf Chris' leblosen Körper hinab. Paddy reicht mir ein paar Frühlingsblumen, die er am Morgen auf der Weide gepflückt hat.

Wir geben uns die größte Mühe, aber die Zeremonie wirkt alles andere als feierlich. Keiner von uns sagt einen Ton. Ich hatte mir vorgenommen, eine Ansprache zu halten, in der ich erzähle, wie wundervoll Chris war und welch ein Verlust sein frühes Ableben ist. Aber was soll das? Wem soll ich es erzählen? Paddy?

Frustriert werfe ich die Blumen ins Grab. Sie landen verstreut auf Chris' Brustkorb und seinem Gesicht. Ich will mich gerade abwenden, da hält Paddy mich am Handgelenk fest und zieht mich wieder

243

zurück. Er hält ebenfalls noch eine Blume in der Hand. Löwenzahn. Unkraut.

Ich schüttele den Kopf und will mich von ihm losmachen, da sagt er: „Weißt du, was ich glaube?"

Ich stocke und sehe ihm in die Augen. Er wartet eine Weile, dann richtet er seinen Blick auf die gelbe Blume in seiner Hand. „Wir sind wie dieser Löwenzahn."

„Unkraut?", frage ich gereizt.

Er ignoriert meinen Ton, sieht mich nicht einmal an. „Wir sind keine kack Orchideen, die bereits nach zwei Wochen ohne Pflege eingehen. Und keine scheiß Tulpen, die zwar angeblich winterhart sind, aber sich nach drei Jahren ohne menschliche Fürsorge schon kaum noch blicken lassen und anderen Pflanzen weichen müssen. Wir sind verdammt nochmal Löwenzahn. Wir überstehen jeden Winter, wachsen zwischen Asphalt und sogar auf Teerdächern. Wenn uns das Licht genommen wird, wachsen wir hoch hinaus und überragen alle anderen Pflanzen. Und wenn wir sterben, werden wir zu Pusteblumen und verteilen uns in alle Lüfte."

Wie gebannt stehe ich da und sehe zu, wie Paddy die Blume in das Grab wirft, dann dreht er sich um und greift nach der Schaufel.

„Paddy", sage ich leise und muss mich zusammenreißen, damit meine Stimme nicht bricht. „Das war wunderschön. Gespickt mit Schimpfwörtern, aber trotzdem wunderschön. Das hätte Chris auch gefallen."

„Ja, ja", murrt er. „Jetzt schnapp dir die zweite Schaufel und hilf mit."

Am zweiten Tag nach Raiks Ankunft, zieht sich der rote Strich langsam wieder zurück. Ich atme erleichtert auf, als ich das bemerke und streiche Raik beruhigend mit dem Waschlappen über die immer noch heiße Stirn. Das Fieber wird hoffentlich auch bald abklingen.

In der Hütte herrscht immer noch eine angespannte Stimmung. Hedi zeigt Paddy und mir deutlich, was sie inzwischen von uns hält. Auch, wenn sie weiterhin kein Wort mit uns spricht.

Als ich sehe, wie sie die Hütte verlässt, stehe ich auf und folge ihr. Heute ist es ungewöhnlich warm für einen Tag im April. Man kann den Sommer förmlich schon riechen. Hedi sitzt auf den Verandastufen und hat das Kinn auf den Händen abgestützt. Zögernd setze ich mich neben sie und hoffe, dass sie nicht gleich wieder aufspringt.

„Es ist heute ziemlich warm“, stelle ich fest, bloß um irgendetwas zu sagen.

Hedi reagiert nicht. Sie starrt in den Wald, als wäre ich gar nicht vorhanden.

„Hedi“, sage ich leise, „es tut mir so…“

„Nein!“, fährt Hedi dazwischen. „Sag jetzt nicht, es tut dir leid.“ Nun sieht sie mich doch an und ich zucke beinahe unter ihrem Blick zusammen. Es ist mir bisher nicht so aufgefallen, aber sie sieht furchtbar aus. Blass und ausgemergelt. Ihre Augen sind rotgerändert vom vielen Weinen. „Warum hast du nie etwas von diesem Kerl erzählt? Warum hast du uns nicht vorgewarnt? Und warum liegt er auf unserem Grundstück begraben? Warum betrauert ihr ihn wie einen Freund? Er hat meinen Vater umgebracht! Er hat ihm die Keh…“ Hedi schluchzt auf und schafft es nicht, weiter zu sprechen.

245

Ich atme tief ein und streiche mir eine Haarsträhne hinter das Ohr. „Das ist kompliziert. Du würdest mir niemals glauben. Und dein Bruder erst recht nicht."

„Hülya", sagt Hedi und sieht mich so eindringlich an, dass ich ihrem Blick nicht standhalten kann. „Du musst es mir sagen. Ich kann sonst nicht weiter mit diesem Gefühl leben."

Nun schaue ich doch wieder auf. „Welches Gefühl?"

„Dieses Schuldgefühl. Ich war es, die Papa und Theo überredet hat, euch hier aufzunehmen. Und ich war es auch, die sich für euch eingesetzt hat, als ihr nach euren Freunden suchen wolltet. Er hat nur mir zuliebe zugestimmt. Ich bin schuld an seinem Tod." Sie schluchzt noch einmal auf und schlägt sich die Hände vor das Gesicht.

„Was?" Ich sehe sie entgeistert an. „Aber das ist doch Unsinn. Hedi, wirklich." Ich greife nach ihren Händen, um sie in meinen Schoß zu ziehen und bin froh, dass sie es zulässt. „Rede dir das bitte nicht ein. Du bist nicht schuld. Aber du hast alles Recht wütend auf mich zu sein. Es stimmt. Ich hätte euch die Wahrheit sagen müssen." Ich zögere kurz, denke noch einmal nach, bevor ich die nächsten Worte ausspreche: „Aber das werde ich jetzt tun. Ihr müsst es erfahren."

Sie zieht schniefend die Nase hoch. „Was erfahren?"

Zwei Stunden später wissen Hedi und Theo alles. Gemeinsam sitzen wir am Esstisch und Paddy und ich warten gespannt auf die finale Reaktion der Geschwister. Obwohl vor allem Theo zwischendurch immer wieder Fragen gestellt und verstehend genickt hat, weiß ich nicht, ob sie uns wirklich glauben.

Hedi schaut ihren Bruder von der Seite an, doch er starrt nur uns an. Sieht Paddy und mir nacheinander fest in die Augen und scheint darin nach der Wahrheit zu suchen.

„Wenn ihr uns anlügt, ist das für mich Grund genug euch vor die Tür zu setzen. Das ist euch schon klar, oder?"

Wir nicken beide und ich bin sogar erleichtert, dass er uns nicht jetzt sofort rauswirft. Ich kann mich noch genau an den Tag erinnern, an dem Paddy uns von den Aliens erzählt hat. Und ich weiß noch, wie verstörend das auf mich wirkte. Das ist noch gar nicht so lange her. Aber seitdem ist so viel passiert.

„Und was jetzt?", fragt Theo und ich ziehe eine Augenbraue hoch.

„Was meinst du?"

Er zuckt mit den Schultern. „Was sollen wir jetzt mit diesem Wissen anfangen? Sollen wir das Haus aufgeben und die Welt retten? So ganz im Stil von MIB?"

Weder Paddy und ich können diese Frage sofort beantworten. Ich muss länger darüber nachdenken. Vor allem muss ich mir klar werden, was ich selbst will.

Mein Blick gleitet zu Raik hinüber, der schlafend auf dem Teppich liegt. Die Blutvergiftung mag zurückgegangen sein, aber seinem Bein wird es nie wieder gut gehen. Ich befürchte sogar, dass er es früher oder später doch noch verlieren wird.

Raik kann nicht mehr hier weg. Er würde keine Tour mehr überleben.

Ich schaue wieder Theo an und schüttele leicht den Kopf. „Nein, es bleibt alles beim Alten. Aber nun wisst ihr wenigstens, mit wem ihr es zu tun habt. Und vor allem wisst ihr, warum es uns so wichtig war, Chris anständig zu begraben."

„Was ist mit euch?", fragt Theo. „Werdet ihr bleiben?"

Im selben Moment, in dem ich „Ja", sage, antwortet Paddy mit einem klaren „Nein". Überrascht sehe ich ihn an. „Was? Wo willst du denn hin?"

Er reibt sich über die Augen und kneift sich in den Nasenrücken, bevor er mir antwortet: „Ohne Mila kann ich nicht bleiben. Ich muss sie finden."

„Aber…", ich beiße mir kurz auf die Unterlippe, kämpfe mit meiner Antwort, „aber ich kann dich nicht begleiten."

Er nickt, als hätte er schon damit gerechnet. „Ich weiß. Das will ich auch gar nicht."

Sofort nagt das schlechte Gewissen an mir. Ich kann ihn doch nicht alleine gehen lassen. Die Tage, die wir gemeinsam verbracht haben, haben uns viel enger aneinandergeschweißt, als ich es jemals für möglich gehalten hätte. Außerdem haben wir uns gegenseitig ein Versprechen gegeben. Dass wir Mila und Raik finden, weil wir ein Team sind.

Aber wenn ich entscheiden muss, ob ich mich mit Paddy erneut auf eine Tour ins Ungewisse begebe oder mit Raik hier in der sicheren Hütte bleibe, dann fällt mir die Wahl nicht allzu schwer.

Paddy tätschelt mir unbeholfen den Oberarm. Was wird das? Will er mich trösten? Ich muss über seine lieb gemeinte Geste lachen und er zieht fragend eine Augenbraue hoch.

„Wolltest du gerade nett sein?", frage ich amüsiert und er hebt ergeben die Hände.

„Entschuldige, kommt nicht wieder vor."

Bevor er sich wehren kann, lehne ich mich vor und schmiege mich an ihn. Inzwischen ist mir sein Geruch so vertraut, dass ich mich in seinen Armen beinahe so wohl fühle wie damals in Chris'.

Theo atmet hörbar ein und Paddy schiebt mich mit einem gespielt angeekelten Gesichtsausdruck von sich weg. „Krieg dich mal wieder ein, du Klette. Wir sind hier nicht alleine."

Ich lächele. Seine Worte können mich längst nicht mehr treffen. Paddy ist ein Schaf im Wolfspelz.

KAPITEL 39

RAIK

Die ersten Schritte auf den Holzkrücken, die Theo mir geschnitzt hat, sind beschwerlich und Hülya und Paddy müssen mich mehrmals auffangen, damit ich nicht stürze. Es fühlt sich an, als würde sich kein einziger Muskel mehr in meinem Körper befinden.

Hülya meint, ich verlange zu viel auf einmal. Immerhin bin ich erst gestern, nach über einer Woche im Krankenlager, das erste Mal aufgestanden. Aber ich kann es nicht ertragen, mich so hilflos zu fühlen.

Die frische Frühlingsluft tut gut. Mit Hilfe meiner Freunde schaffe ich es, die Treppe hinunter und ein paar Schritte in den Wald hinein zu humpeln. Die Krücken sinken im weichen Waldboden ein und machen es mir damit noch schwerer, voran zu kommen. Sollte jetzt ein Infizierter um die Ecke kommen, wäre ich erledigt.

Aber dann fällt mir ein, dass ich nicht mehr alleine bin. Und dass Paddy und Hülya in der letzten Woche jeden Tag von morgens bis abends mit Theo draußen am Zaun geschuftet haben. Der größte Teil des Geländes ist nun gesichert und den Rest werden sie wohl nächste Woche schaffen.

Ich drehe mich um und winke Hedi mit einer Krücke zu. Gemeinsam mit Heini sitzt sie auf der obersten Stufe der Veranda und schaut mir bei meinen unbeholfenen Gehversuchen zu.

Lächelnd winkt sie zurück und krault dann wieder den Hundekopf.

Heini hat sich im Gegensatz zu mir sehr schnell von seiner Verletzung erholt und mir in den letzten Tagen oft Gesellschaft geleistet.

An einem sonnenbeschienenen Fleck bleiben wir stehen und ich atme die frische Luft tief ein. Das hier könnte es sein. Unser neues Zuhause.

Als Hülya mir den Vorschlag machte, hier zu bleiben, war ich zunächst zwiegespalten. Es ist nicht meine Art, mich zurückzulehnen und die Probleme anderen zu überlassen. Vor allem fühle ich mich nicht wohl dabei, Paddy alleine gehen zu lassen.

Andererseits muss ich mich wohl damit abfinden, dass ich jetzt ein Krüppel bin. Mein Bein wird wahrscheinlich niemals aufhören zu schmerzen. Und warum sollte ich die Zeit, die mir noch bleibt, nicht mit Hülya hier genießen?

Im Endeffekt traf sie die Entscheidung für mich und ich bin ihr dankbar dafür.

„Was hältst du davon?", fragt sie in diesem Moment und ich zwinkere überrascht.

„Was? Wovon?"

Gespielt empört stemmt sie die Fäuste in die Hüften. „Hast du mir etwa nicht zugehört?"

Paddy schnippt sich einen Käfer von der Schulter und grinst. „Hülya, so langsam solltest du wissen, dass niemand dir wirklich zuhört. Du plapperst einfach viel zu viel. Wir filtern nur noch das Wichtigste heraus."

„Ich plappere überhaupt nicht!", ruft sie und verpasst ihm einen Klaps auf den Hinterkopf. Vor Schreck lässt er mich los und ich kippe beinahe nach hinten um, doch Hülya hat bereits wieder nach meinem Arm gegriffen.

„Gut, dass du bald weg bist", murrt sie in Paddys Richtung und er streckt ihr die Zunge heraus.

Wir alle wissen, dass sie das nicht ernst meint. Am liebsten würde sie ihn an der Hütte festketten.

Hülya streckt das Kinn vor, hakt sich bei mir unter und führt mich zurück zur Hütte.

Ich wünschte so sehr, dass diese Kabbeleien unsere einzige Sorge bleiben würden. Aber schon meine Albträume erinnern mich jede Nacht daran, dass wir nicht in Sicherheit sind. Irgendwo dort draußen ist Larissa, die immer noch nach Rache sinnt. Und Marek, der sich zwar für den Moment in Luft aufgelöst hat, aber sicher nicht tot ist.

Doch für heute schiebe ich diese Sorgen beiseite und stelle mir vor, es könnte alles gut sein.

EPILOG

MAREK

Mein Wirt ist schwach, aber gefügig.
Ich warte geduldig.
Sie werden mich zu ihr führen.

LIEBE LESER,

in den letzten Monaten haben mich so viele Nachrichten von euch erreicht, in denen ich gefragt wurde, wie und wann es mit der X-Reihe weitergehen würde. Und ich habe mich über jede einzelne davon wahnsinnig gefreut.

Leider hat es diesmal etwas länger gedauert, weil ich im Januar zum zweiten Mal Mama geworden bin und wir uns als Familie erst einmal ganz neu sortieren mussten. Inzwischen hat sich wieder so etwas wie ein Alltag eingeschlichen und ich habe mir feste Schreibzeiten eingeplant.

Trotzdem kann ich momentan nicht in dem Tempo weiterschreiben, wie ich es bisher gemacht habe. Ich hoffe, ihr habt dafür Verständnis.

Es wird aber in jedem Fall weitergehen. Ich kann Mila ja schlecht einfach in der Luft hängen lassen. ;)

Bis dahin freue ich mich weiter über eure Rückmeldungen. Sei es in Form von Rezensionen bei Amazon oder euren Emails. ☺

EURE A.L.KAHNAU

WEITERE BÜCHER VON A.L.KAHNAU

Elenas Rabe

Drei Dinge sind es, die Elena seit frühesten Kindertagen von ihren Eltern eingeprägt bekommt:

Tugend, Fleiß und vor allem Hilfsbereitschaft.

Doch dann trifft sie auf den skurrilen Corvid, der ihr offenbart, dass nichts so ist, wie es scheint und ihr eine Welt voller fantastischer Wesen vorstellt.

Elena gerät in einen Strudel aus Abenteuern, Mythen und Ungeheuerlichkeiten und der einzige Weg zurück führt durch den Goldenen Bogen, der erst dann erscheint, wenn sie es schafft, einen Krieg zu gewinnen, der nicht ihr eigener ist.

Juli im Winter

"Du bist deines eigenen Glückes Schmied."
In diesem Glauben wurde Juli großgezogen und dementsprechend selbstbewusst geht sie durch die Welt.
Juli ist klug, charmant und beliebt. Als eine neue Mitschülerin in ihre Klasse kommt, ahnt sie nicht, dass diese ihr sehr bald zeigen wird, wie falsch sie lag.
Julis Leben gleicht plötzlich einem Sturzflug, dessen Ausgang ungewiss ist.

Ich. Du. Niemals wir.

„Wir sind zwei seltsame Geschöpfe. Fast wie Magnete, die sich immerfort im Kreis drehen. Im einen Moment ziehen wir uns an und im nächsten stoßen wir uns wieder ab."

Eigentlich hat Luisa genug Probleme. Zum Beispiel eine Mutter, die nie wirklich erwachsen geworden ist und lieber Party macht, als sich um ihre Tochter zu kümmern. Oder den dritten Schulwechsel innerhalb von zwei Jahren.

Doch dann trifft sie Justus, den unhöflichen Typ mit den verkorksten Familienverhältnissen, und verliebt sich Hals über Kopf in ihn.

Aber aus ihr und Justus kann niemals etwas werden. Er ist verboten.

Die X-Reihe

Staffel 1:
Es beginnt
Es breitet sich aus
Es zerstört dich
Es bringt den Tod

Staffel 2:

In dunklen Zeiten
In fremden Körpern
In größter Not
In tiefer Nacht

**Staffel 3 erscheint im Laufe des Jahres
2018**